I0641735

ŒUVRES

DE MONSIEUR

REMOND DE St. MARD

Lettres Galante et
Philofophiques

TOME SECOND

A AMSTERDAM

Chez PIERRE MORTIER

M.DCC.XLIX

Tom. II. et III.

EXPLICATION

Du Frontispice, du Fleuron & de la Vignette.

SECOND VOLUME.

Frontispice.

ICI paroît un Philosophe, qui croyant qu'en instruisant on est encore obligé à plaire, sacrifie tantôt à Minerve & tantôt aux Graces. Le Génie de l'Amour le touche avec une branche de laurier entrelacée de Myrte. Plus bas est un autre Génie qui pare de fleurs la tête d'une jeune fille qui se regarde dans un miroir, & remarque avec complaisance combien les agrêmens & les Graces prétent de charmes à la beauté.

FLEURON.

Minerve a le coude appuyé sur une table. Un Amour lui présente une plume, un autre vient à elle avec une écritoire, un troisieme est aux genoux

de

de la Déeſſe , & tient ſa pique qu'il lui
a volée.

VIGNETTE.

L'Auteur écrit , & tient de la main
gauche un maſque de femme. Un petit
Amour verſe de l'encre dans ſon écritoire. Des robes & coëffures de femmes
ſont jettées négligemment ſur des chai-
ſes. Dans un coin de la chambre paroît
une armoire , au-deſſus de laquelle on
voit un Buſte de Minerve.

LETTRE

LETTRES
GALANTES
ET
PHILOSOPHIQUES.

LETTRE PREMIERE.

VOUS voulez ſavoir, Monſieur, à propos de quoi ces
Lettres ont été faites ; je vais vous
le dire. Une jolie femme que j'ai-

Tome. II.   A   mois

mois beaucoup parce qu'elle étoit raisonnable, me pria de répondre à une espece de plaidoyer qu'un de ses amis avoit fait contre la coquetterie. Je fis la replique, & la donnai à mon amie qui en reçut quelque tems les complimens ; mais elle me trahi, & je devins bientôt Auteur de la Lettre. Ce sût aussitôt à qui me donneroit des sujets ; on m'en donna de toutes les especes ; je les remplis presque tous avec facilité, & voilà l'origine de ces Lettres qui ne méritoient assûremment pas de voir le jour. Ce n'est pas que je les croye absolument mauvaises ; mais pour me servir d'un terme à la mode, elles sont trop fortes de choses. N'y trouvez-

trouvez-vous pas comme moi trop de profondeur , & une profondeur trop marquée ? Quand on veut dire des chofes fines , je voudrois que pour les rendre agréables on en cachât un peu la fineffe , & cette attention que les hommes feroient bien d'avoir , eſt ce me femble , une obligation dans des Lettres qui font cenfées avoir été écrites par une femme. Pour fecond dé-faut, elles ont trop d'éclat : mais que voulez - vous ? On n'eſt pas jeune impunément , & je l'étois. A l'égard de la petite Hiſtoire , à confulter les idées que je crois qu'on doit avoir du Roman , celui-là me paroît d'un affez bon goût, & il y auroit à moi de la mauvaife

A 2 hu-

humeur à contredire le Public qui
en a paru satisfait. Il faut toûjours
recevoir ses loüanges, même quand
on ne les mériteroit point; & dites-
moi, je vous prie, n'eſt-il pas raiſonnable de les prendre, ne fût-ce
qu'en dédomagement de celles
qu'on n'a pas reçues & que peut-
être on a méritées.

Je ne vous dis mot de quelques
autres Lettres dont on vous a parlé, & que vous dites avoir grande
envie de voir; ſi vous en êtes curieux je vous les envoierai; mais
c'eſt à charge que vous m'en di-
rez naïvement votre avis. Quand
au mien, le voici. Avec moins de
profondeur elles ont, ce me ſemble, moins d'éclat, ſont plus ſim-
ples,

ples, moins ſoignées, ont l'air plus négligé, ſont plus Lettres que les premieres, auſſi tremblerois - je pour elles, ſi elles devoient jamais tomber dans les mains du Public ; mais j'eſpere qu'elles n'y tomberont point. Qu'elles y tombent ou non, elles m'ont réjoüi, & me voilà payé d'avance. C'eſt une précaution, Monſieur, que j'ai coûtume de prendre, & plus habiles que moi ne feroient pas mal d'uſer de ma recette.

LETTRE II.

A MONSIEUR DE F...

VOus êtes un étrange hom-
me, Monfieur ! vous entrez
en fureur toutes les fois que vous
voyez faire une baffeffe, vous êtes
défolé quand vous entendez raifonner de travers, & ce qui vous
met quelquefois hors de vous, c'eft
que vous voyez applaudir ces mêmes gens qui vous défefperent.
Hé, Monfieur, la Nature n'a pas
voulu que nous fuffions plus raifonnables : tant pis pour vous fi
vous l'êtes tant. Si vous pouviez
réformer le Genre Humain, je vous
per-

permettrois de vous fâcher , votre colere aboutiroit à quelque chose ; mais vous aurez beau pester , il y aura toûjours des sots & des fripons. Votre mauvaise humeur ne nous en ôtera pas un. Croyez-vous qu'il ne me prenne pas quelquefois envie de jurer contre le Genre Humain ? Cependant je n'en fais rien : je trouve mieux mon compte à le méprifer qu'à le haïr. Ma haine lui feroit trop d'honnenr , & ne m'en feroit pas ; mais le mépris est un sentiment trop froid pour vous. Je ris , & je vous reconnois bien , lorsque je songe à l'idée que vous vous faites des hommes. Le monde , dites-vous avec colere , est un bois fait pour elever & pour contenir

A 4   des

des loups toûjours prêts à fe dé-
vorer, & à fe détruire par adreffe,
quand ils ne fauroient en venir à
bout par la force. C'eft, Monfieur,
vous faire une idée trop noire des
hommes. Les paffions ne font pas
toûjours du mal ; elles fervent quelquefois auffi-bien qu'elles nuifent.
Mais la raifon, dites-vous, ne fait
rien faire aux hommes ; que vous
importe, Monfieur ? Vous-même
qui vous tourmentez, & qui journellement faite de la bile, eft-ce
par raifon ? Eft-ce elle qui vous
fait perdre à vous fâcher, un tems
que vous devriez employer à rire ?
Pour moi, je crains les hommes : mais
je ne les hais pas. Et pourquoi les
haïrois-je ? Ils font faits pour être

ce

ce qu'ils font, & je ne veux pas plus de mal à un homme qui me fait tort, qu'à une ortie qui me pique dans un jardin. Aussi ne suis-je pas tenté comme vous, d'aller me réfugier dans les deferts. Peut-être même que j'aimerois mieux vivre avec un fot, que d'être condamnée à rester toûjours feule. Je fai bien que ce que je dis n'est pas noble ; mais que voulez-vous ? Il n'est pas en moi de penfer plus noblement. Si la Nature avoit donné plus de dignité à votre être, & qu'en vous donnant de l'averfion pour les fripons, elle vous eût donné de quoi vous paffer d'eux, je vous laifferois aller chercher compagnie chez les Ours ; mais les

Ours

Ours ne vous diront mot , & fûrement vous regretterez la compagnie de ces fripons que vous haïffez tant ; vous ferez comme ces Amans, qui mécontens de leurs Maitreffes , les quittent avec éclat, & ont peu de tems après la foibleffe de les revoir. Épargnez-vous, je vous prie , cet affront ; accoûtumez petit-à-petit votre ame à voir le vice fans tant frémir , vous en foûtiendrez bien mieux les hommes. Il eft vrai que pour vous accommoder parfaitement de leur Société , il faudroit avoir les mêmes vices qu'eux; mais vous n'aurez jamais ce bonheur-là. Quand on n'eft pas né avec de certains vices , on ne fe les donne guere plus

plus facilement que les vertus.
Vous avez, entr'autres chofes, à
vous corriger de deux grands défauts pour devenir aimable ; vous
êtes honnête homme dans la der-
niere rigueur, & vous avez l'efprit fi févere, que vous demandez
aux hommes des difcours raifonnables, comme s'ils étoient faits pour
en donner. En bonne foi, croyez-
vous qu'avec tous ces défauts-là
ils ne foient pas auffi las de vous
que vous l'êtes d'eux ? Je fuis fûre
qu'ils feront des feux de joie le jour
que vous partirez ; car affûrez-vous
qu'ils fe pafferont fort bien de votre compagnie. Au fond, qu'ont-
ils affaire de vous avec tout votre
mérite ? Ils ont des vices de commerce

merce qui les font trouver à mer-
veille les uns avec les autres ; ils
font trompés aujourd'hui , hé bien,
ils tromperont demain : Leur joue-
t-on un tour qu'ils n'ont pas prévû;
fûrs de le rendre , ils s'en confo-
lent : liés enfemble par les vices,
ils fe les pardonnent ; peut - être
même que ces vices font le jeu de
la Société. Et fur ce pié-là , Monfieur , avec toutes vos belles qualités , vous ne fervirez qu'à la gâter. Mais revenons à vous ; quand
vous aurez pris congé de la Société , eft-il bien fûr que vous ne tour-
nerez jamais les yeux fur elle ?
Avec votre permiffion , Monfieur,
la Nature qui vous a fait homme ,
n'a pas permis à votre raifon de
vous

vous empêcher tout-à-fait de l'ê-
tre, & quinze jours de solitude
vengeroient bien la Société du mépris que vous auriez fait d'elle.
Vous êtes certainement d'une compagnie fort aimable, pour moi &
pour quantité d'autres ; mais pour
vous, vous devez en être une fort
mauvaise : comptez que votre humeur noire vous suivra dans les
deserts ; elle s'y fortifiera, & ces
hommes contre lesquels vous jure-
rez de loin, n'en deviendront pas
plus estimables, & vous en devien-
drez plus malheureux. Croyez-
moi, Monsieur, vivez avec les
hommes : il est si facile de bien
vivre avec eux ; vous n'avez pour
cela qu'à perdre une partie de vos
bonnes

bonnes qualités : perdez furtout
cette fincérité fatale à ceux qui
l'ont : foyez poli , flateur , fourbe ,
quelquefois impudent ; & quand
vous aurez acquis toutes ces ver-
tus-là , vous les verrez fi bien prof-
pérer , que vous n'aurez plus la
force de haïr des gens dont vous
ferez les délices.

LETTRE

LETTRE III.

AU MESME.

QU'avez-vous eu à quitter Madame de...à cela près, que vous n'êtiez pas aimé ! vous êtiez le plus heureux du monde. Vous êtiez reçu avec diſtinction, vous l'êtiez même avec plaiſir. Vous êtes trop vain, Monſieur, n'eſt-ce rien que d'aimer ! Vous auriez été aimé quand vous auriez pû ; car dites-moi, je vous prie, qu'allez-vous devenir maintenant ? Si vous êtiez fait comme une infinité de gens que je connois, qui s'acrochent à la premiere jolie femme me qu'ils trouvent , je ne vous plaindrois pas : c'eſt à ces gens-là qu'il eſt permis de prendre & de quitter des paſſions : mais Vous qui êtes un Miſantrope ! Vous à qui il faut des merveilleuſes ! Vous qui n'êtes pas content de la jeuneſſe & de la beauté , qui voulez trouver de la vertu , & qui avec tout cela voulez qu'on ait de l'amour pour Vous ! En vérité, Monſieur, quand avec tous ces défauts-là , vous avez eu le bonheur de prendre une paſſion , vous devriez la ménager comme la prunelle de vos yeux , & en faveur du bonheur que vous auriez d'aimer, vous relâcher un peu ſur la prétention de l'être ſi fort ; car je crains bien que vous

n'ayez

n'ayez le tems de fentir tout ce que pefe l'indifférence , & fûrement au fortir de votre paffion vous allez la connoître dans toute fa rigueur. Voilà le malheur des fentimens vifs ! Il faudroit en avoir toûjours , ou n'en avoir jamais. Il les faudroit toûjours , parce que certainement il n'y a rien de meilleur : il n'en faudroit jamais , parce qu'ils nous quittent, & qu'en nous quittant , ils jettent du dégoût fur tout ce qui n'eft point eux. Avec cela , Monfieur , vous êtes dans une fituation qui me fait bien de la peine. L'ennui d'une ame qui vient d'être agitée, eft bien plus ennui qu'un autre, & fur ce pié - là vous pouvez vous vanter d'avoir actuel-

lement la perfection de l'ennui.
Auſſi ai-je réellement pitié de
vous, & je ſens que je ſuis aſſez
de vos amies pour vous chercher
quelqu'un qui vous tire du miſé-
rable état où vous êtes. Peu de
femmes à ma place voudroient ſe
mêler du métier que je veux faire : elles trouveroient plus honnête, & pour vous, & pour elles,
de vous rendre par elles-mêmes
les troubles que vous regrettez ;
mais, Monſieur, je ne me mêle
ni d'aimer ni de plaire. On me
dit bien quelquefois encore que
je ſuis jolie, & je n'en ſuis pas
fâchée : mais je n'en veux pas
davantage. Vous êtes trop perfides tous tant que vous êtes, pour

que

que je veuille de vous autre chofe que de l'amitié ; encore ai-je
grand foin de prendre garde
qu'elle ne foit de nature à me
mener à l'amour , car j'y ai été
attrapée.

B2 LETTRE

LETTRE IV.

A MONSIEUR DE S...

VOus envoyez Monsieur votre Fils à la guerre, & vous dites pour vos raisons, qu'il y a des gens d'aussi bonne Maison que lui qui y vont ; c'est-à-dire, que comme c'est la coûtume des Enfans de qualité d'aller à la guerre, il faut que votre Fils y aille. Quoi ! vous ne faites donc rien que par coûtume ? & avec cela vous prétendez être Philosophe ? Oui, direz-vous, la Philosophie après avoir bien raisonné, nous ramene à la coûtume dont elle nous avoit écartés ;

tés ; & néceſſités de vivre avec les hommes , il nous faut bien faire comme eux. Tout beau , Monſieur, nous ſommes aſſujettis aux uſages extérieurs que les hommes ont établis entr'eux, nous ſommes obligés de nous habiller , de faire des révérences comme eux , de ne pas toûjours laiſſer éclater le mépris que nous avons pour ceux qui le méritent , & pour cela de parler ce jargon commun , par lequel nous nous témoignons les uns aux autres des diſpoſitions d'eſtime & d'amitié que nous n'avons pas. Voilà , Monſieur , à quoi la coûtume & la raiſon même nous aſſujettit ; mais permettez-moi de vous dire qu'elle n'ordonne rien de plus.

De

De l'air que vous y allez, je gage
que ſi vous aviez été de la Cour
de ces Rois dont les Courtiſans
célébroient la mort en ſe la donnant eux-mêmes, vous auriez eu
la ſottiſe de vous la donner auſſi.
C'eſt trop, Monſieur, il faut vivre avec les hommes ; mais il ne
faut pas être leur dupe. Vous n'a-
vez qu'un Fils que vous aimez, &
qui mérite bien de l'être ; vous
l'envoyez à l'armée, pour laquelle
je ſai qu'il n'a point de goût ; vous-
même qui l'envoyez, n'eſtimez pas
trop ceux qui y vont, & cependant il part par votre ordre. Si ce
n'eſt pas la coûtume, dites-moi je
vous prie, qui peut vous obliger à
expoſer un Fils que vous aimez
tendre-

tendrement ? J'y fuis, Monfieur,
vous comptez partager avec Monfieur votre Fils les lauriers qu'il
cueillera ; & comme c'eft une efpece de vous - même , vous vous
imaginez qu'on fongera à Vous ,
quand on parlera de lui dans la
Gafette : c'eft à mon gré un affez
plaifant tour de votre amour propre , de vous perfuader que vous
aurez part à une gloire qui ne coûtera qu'à Monfieur votre Fils , &
dont il fera tout feul les frais. En
vérité, cela eft-il raifonnable ? Et
il faut convenir que vous êtes d'é-
tranges gens , vous autres peres ;
on diroit que vous n'avez fait des
enfans que pour vous faire des
victimes à vos paffions : vous voulez

lez que foûmis à vos ordres , ils
obéïffent à tout ce qu'ils ont de
cruel ; & dans le même tems que
vous les faites fervir à vos caprices , vous leur demandez à grands
cris de la reconnoiffance. Hé, Monfieur , s'ils en doivent à quelqu'un,
ce n'eft point à Vous , c'eft à la
Nature qui vous les fait regarder
comme une partie de vous-même :
car c'eft cette partie-là que vous
ménagez. Je conviens qu'il n'eft
point à propos que ces myfteres
foient révélés aux enfans : ils ne
font déjà que trop difpofés-à l'in-
gratitude ; mais vous l'êtes furieu-
fement, vous autres Peres, à l'injuftice. Au fond , Monfieur , un
Enfant qui feroit le raifonneur,
s'ils

s'il étoit permis de l'être avec son Pere, lui feroit voir bien du pays, s'il vouloit se dispenser de la re-connoissance : supposé pour un moment que le vôtre prît la liberté de vous parler en ces termes. *Je ne crois pas, Monsieur, que vous ayiez été fort occupé de moi dans les premiers instans de ma création ; vous auriez pensé à rien, je n'existois pas encore ; & puis je crois que vous aviez quelque chose de mieux à faire que de songer à moi. Quant à l'éducation que vous m'avez donnée, vous ne pouviez hon-nêtement me la refuser : Il est vrai que vous avez donné vos soins pour me la rendre utile ; mais c'est que vous vouliez me mettre en état de vous faire honneur, & en cela vous avez tra-*

Tome II.   C   *vaillé*

vaillé encore pour vous-même. Ne vou-
driez-vous pas auſſi que je vous tinſſe
compte du glorieux établiſſement que
vous m'avez donné en me mariant à
Mademoiſelle de ....? En bonne foi
l'auriez-vous fait, & vous ſeriez-vous
dépouillé, ſi vous n'aviez eu la ſottiſe
de vous voir revivre avec éclat dans
la poſtérité illuſtre que vous comptez
qui naîtra de moi ? Ainſi, Monſieur, ne faites pas ſonner ſi haut ce
que je vous dois ; remerciez-vous, ſi
vous voulez, de vous être ſi bien ac-
quité de ce que vous vous deviez à
vous-même. A l'égard de la Guerre
où vous voulez m'envoyer, je vous prie
de vouloir bien m'en diſpenſer : je ne
ſuis point preſſé d'aller tuer des gens
qui ne m'ont rien fait, & ne ſuis
point

point curieux qu'ils me tuent. Quant
à la gloire que vous dites qu'il m'en reviendra , je vous avoue franchement
que je ne suis point touché de celle qui
traite si mal les gens qui courent après
elle. Il y a tant de chemins qui me-
nent à la Gloire , laissez-m'en choisir
un à ma fantaisie : & si vous me ré-
pondez à tout cela , que comme je vous
dois la vie , je suis obligé de vous la
sacrifier ; je vous répondrai , que dès
que j'en suis devenu propriétaire , je suis
obligé de la ménager comme un bien
par lui-même assez difficile à conserver. Ma Patrie n'attend pas après le
secours de mon bras , & il n'est point
question ici de défendre vos jours ; pourquoi donc voulez-vous que j'aille expo-
ser les miens que vous dites qui vous

C 2　　　sont

font chers, & qui ne laiſſent pas de
me l'être un peu à moi-même! Je
ſuis ſûre que Monſieur votre Fils
n'eſt pas capable de raiſonner ainſi, & je ſuis ſa caution. La Nature
étoufferoit en lui les murmures de
ſa raiſon, ſi elle s'aviſoit d'en faire ; mais Vous, que répondriez-
vous à la petite harangue que je
viens de vous faire ? Harangue que
je vous prie d'oublier, & qui me
feroit ſûrement déteſter de tous
les Peres qui l'entendroient: mais
Vous, homme d'eſprit comme
vous êtes, vous n'en ſerez pas quitte pour me haïr ; il faut que vous
me répondiez quelque choſe de
ſenſé, & je vous en défie. Devenez
donc plus raiſonnable, & laiſſez
pren-

prendre à votre Fils un parti felon fon cœur. Vous avez déjà affez de raifons pour être haïs , vous autres Peres, fans en fournir de nouvelles. On vous doit tout, & il eft rare que vous ne le faffiez pas fentir. Vous avez encore un autre défaut : vous êtes maîtres , & fouvent des maîtres fâcheux & difficiles ; il ne faut qu'une de ces qualités-là pour être haïs ; fongez que vous avez le malheur d'en avoir deux. A tout cela il y auroit un remede, ce feroit de prendre une bonne fois les manieres d'ami , pour n'en avoir jamais d'autres. Il faudroit même être plus ami qu'un autre , parceque vous êtes pere, & qu'il faut que vous faffiez oublier abfolument ce

C 3   titre

titre. Je sai que ce que je vous demande est difficile ; mais encore une fois vous n'êtes pas raisonnable pour rien ; je crois même que vous trouverez dans votre esprit de quoi suivre mes conseils sans effort. Les fonctions de maître ne touchent bien sensiblement que les sots : un homme d'esprit en aime le droit, mais il néglige d'en joüir dès qu'il l'a ; & il trouve une vanité plus exquise à se faire aimer , qu'à se faire craindre. Adieu, Monsieur, remerciez-moi de vous avoir parlé comme j'ai fait. Je me donnerois bien de garde de tenir le même langage à d'autres Peres.

LETTRE

LETTRE V.

A MONSIEUR DE F...

FRANCHEMENT, Monſieur, il n'y aura plus moyen de vivre avec Vous, vous êtes trop raiſonnable. Les plaiſirs de l'Amour, qui ſont certainement ce que nous avons de plus agréable, ne vous touchent point ; le jeu vous paroît indigne d'un honnête homme, & ſelon Vous, tient à l'avarice. Pour la table, c'eſt un plaiſir à vous entendre, qu'on partage avec les bêtes, & j'eſpere que nous allons voir en Vous un corps glorieux. Je ne ſai ſi votre raiſon vous dédommagera de tout cela. J'en doute,

C 4　　car

car la vôtre eſt bien plus raiſon qu'une autre, parcequ'elle eſt plus froide, & par-là moins propre à vous dédommager. Savez-vous bien que c'eſt une eſpece de maladie que tant de ſageſſe ? Et pour moi je vous regarde comme ces gens qui ont perdu l'appêtit, & à qui il faut le réveiller par des mêts biſarres ; car encore faut-il manger. Hé bien, Monſieur, il y a plus de néceſſité à deſirer ; car c'eſt de deſirs que ſe nourrit notre ame, & quand ces alimens là lui manquent, il faut néceſſairement qu'elle tombe en langueur. A propos d'ame, je crois que la vôtre ſera bien étonnée la premiere fois qu'elle deſirera ; car je ſuis ſûre que

vous

vous en avez perdu l'habitude ; il y a long-tems que vous ne faites plus que penser : c'eſt pourtant un exercice qui n'eſt pas trop bon pour l'ame , je ne crois pas même que le corps s'en trouve bien. Avez-vous jamais pris garde que l'Amour qui ſembleroit devoir maigrir ſon monde , parce qu'il diſſipe beaucoup , l'engraiſſe quelquefois ; & je ne ſai par quelle faralité la Sageſſe , quoique toûjours en place , le maigrit. Eſt-ce que la Sageſſe ne ſeroit pas la vraie nourriture de l'ame ? Sérieuſement vous devriez faire effort pour vous tirer de l'état où vous êtes: mais par malheur pour Vous , l'honneur d'être raiſonnable vous conſole un peu du du plaisir que vous perdez à ne l'être pas ; & vous êtes comme ces mélancoliques qui se plaignent de leur tristesse , & qui ne veulent pas qu'on les en tire : cependant si vous avez jamais un bon usage à faire de votre raison , c'est de vous en servir pour vous délivrer d'elle. Je veux bien que vous ne vous défassiez pas de tout : il faut en garder un peu. La bonne constitution de l'ame n'est pas d'être tout-à-fait raisonnable : il ne lui sied pas non-plus d'être tout-à-fait folle ; cependant si elle vouloit absolument pencher d'un côté , il vaudroit mieux qu'elle penchât du côté de la folie : elle se trouve plus à son aise de ce côté-là. Voilà , Mon-

sieur ,

fieur, les confeils que j'avois à vous donner pour le bon état de votre ame : je fuis fûre que votre Medecin les trouvera bons ; il ne pourroit vous en donner de meilleurs pour le rétabliffement de votre fanté. Sérieufement, quand je fonge à vos infirmités fpirituelles, je trouve qu'il n'y auroit pas de mal qu'il m'aidât dans la cure que j'ai entreprife ; car la Morale a befoin du fecours de la Medecine.

LETTRE

LETTRE VI.

AU MESME.

VOus avez beau dire, Mon-
fieur, vous vous marirez.
Tous ces gens qui font des rhodo-
montades fur le mariage , je les
regarde comme ceux qui en font
fur la mort : on ne fait le fanfaron
fur ces deux fins - là , que parcequ'on fent qu'il les faut faire ; on
n'aiguife fes armes que parcequ'on
fait qu'elles font foibles, & qu'on
prévoit qu'on fe défendra mal. Au
fond, Monfieur, quand vous feriez
marié , feroit-ce un fi grand malheur ? C'eft une folie , & une folie
trifte que de fe roidir contre la Nature ;

ture ; il eſt mille fois plus honnête
de lui obéïr de bonne grace , que
de le faire après y avoir réſiſté.
Ceſſez donc de venir nous aſſûrer
gravement , comme vous faites ,
que vous ne vous donnerez jamais la peine de créer des êtres ,
qui par leur conſtitution feront
néceſſités de fouhaiter la ceſſation
du vôtre. Mon Dieu ! tous ces Rai-
ſonneurs - là ne devroient jamais
jurer de rien. Il y a peut-être actuellement dans le monde quelque femme née pour triompher
de cette liberté dont vous faites
tant de cas ; & qui fait ſi nous ne
vous verrons pas un de ces jours
faire des Neuvaines pour avoir
des enfans ? Pourquoi non ? La
Na-

Nature vous fera avoir succeſſive-
ment toutes les foibleſſes dont elle
aura beſoin. Si par exemple elle
avoit entrepris aujourd'hui, Monſieur, de vous marier, elle en viendroit à bout ; car qui l'empêche-
roit de vous prendre comme un
autre par l'intérêt, ou par la vanité ? Mais elle vous fera ſans doute
l'honneur de vous prendre par des
paſſions plus nobles, & vous ſerez
marié de la façon de l'Amour.
Alors, à la honte de votre raiſon
qui eſt maintenant ſi fiere, nous
vous verrons entre les bras d'une
Épouſe aimable, abjurer cette Philoſophie qui vous défendoit de
vous donner à Vous-même des
ſucceſſeurs : vous vous mettrez en
quatre

quatre pour en avoir ; & Dieu ſait comme vous vous remercierez de vos proueſſes. J'imagine qu'il ſera bien plaiſant de vous voir déſcendre du haut de votre Philoſophie pour aller careſſer vos Enfans , pour aller ſottement admirer leurs puérilités ; car alors vous ne ſerez plus que Pere , & ce ſera un grand bonheur ; le Philoſophe , ſi vous l'étiez encore , ſe moqueroit furieuſement du Pere. Vous riez de mes menaçes , & vous ne concevez pas qu'un Philoſophe puiſſe jamais conſentir à perdre ſa liberté. Vous ne ſavez donc pas comment les paſſions s'y prennent pour nous faire faire une ſottiſe ? Elles ſe donneront bien de garde de vous laiſſer

en-

envifager le mariage comme un efclavage, elles font plus fines que cela ; elles vous le feront voir comme un lieu plein de charmes & de délices. Savez-vous ce qui fait que les paſſions ne manquent guere leur coup ? C'eſt que chacune d'elles a un mycrofcope particulier, à travers lequel elle fait confidérer fes avantages ; il arrive même que la raiſon regarde quelquefois par ce mycrofcope, & que féduite par ce qu'elle apperçoit , elle donne fon aprobation à ce qu'elle a vû. Ainſi, Monſieur, ne comptez pas tant fur votre raiſon ; toutes les fois que vos paſſions le voudront, elle fe rangera de leur parti : & ne croyez pas , s'il vous plaît, qu'il qu'il n'y ait que l'amour qui puiffe vous faire faire une fottife ; la raifon en laiffe faire à des paffions bien moins vives que l'amour. L'ennui , par exemple , qui eft pour ainfi dire l'extinction des paffions , peût lui tout feul vous précipiter dans le mariage ; & ce qu'il y a de remarquable , c'eft qu'alors vous ferez honneur de votre fottife à la raifon , car l'ennui eft quelquefois pris pour elle. Ah ! direz-vous ; c'eft toûjours un plaifir que de changer de place. Sans doute c'eft un plaifir ; mais prenez garde qu'il faut fe ménager la liberté de reprendre celle qu'on a quittée; car c'eft la perte de cette liberté qui fait le mauvais côté du mariage. Adieu, Monſieur , il n'y auroit rien de ſi doux que de ſe marier auſſi ſouvent qu'on voudroit : mais on ne ſe marie qu'une fois , deux quand on a du bonheur, preſque jamais trois , & en vérité ce n'eſt pas aſſez pour notre inconſtance.

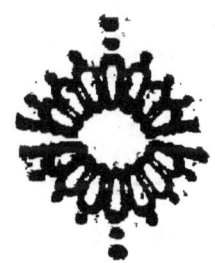

LETTRE

LETTRE VII.

AU MESME.

DANs l'ennui qui vous possède, le Soleil, dites - vous, tourne à votre gré trop lentement, & dans cette foule d'objets qui vous environnent, vous n'en sauriez trouver un qui tire votre ame de cet ennui qui là fatigue ; rien ne vous paroît digne de votre attachement ; & toûjours en équilibre sur ce que vous voulez faire, vous ne faites rien, parceque rien ne vous pousse assez fort pour vous déterminer. Enfin vous ne sauriez vous donner d'occupation à vous-

D 2 même,

même, parcequ'elles vous paroiſſent toutes également indignes de
vous ; & il arrive de-là que cette
liberté ſi chérie de ceux qui ne
l'ont pas, vous devient onéreuſe à
vous qui la poſſédez. Savez-vous
ce qu'il y a à faire, Monſieur ?
Liez-vous, prenez une Charge,
puiſqu'il vous faut des chaînes ;
ruſez avec vous-même, & forcez-
vous à agir en prenant quelque
choſe qui vous y oblige. Cette liberté dont on fait tant de cas, n'eſt
pas toûjours un bien ſi précieux
qu'on le penſe : ſongez que s'il
faut s'en donner quand on n'en a
pas ; il eſt bon d'en perdre quand
on en a trop. Rien n'eſt plus noble
que de ſe commander à tous les
mo-

momens ; mais c'eft-là à mon gré
une domination fort trifte. Je crois
qu'il vaut mieux obéïr , pourvû
qu'on ne fente pas trop fon efclavage ; & c'eft peut-être cela qui
nous fait aimer l'empire des paffions. Mais vous n'en avez point,
Monfieur : ces paffions contre lef-
quelles on crie quand on les a ,
qu'on regrette quand on ne les a
point, & dont un Mifantrope comme Vous a mille fois plus befoin
qu'un autre ; ces paffions , Monfieur, ne fauroient pénétrer jufqu'à vous , parceque vous êtes
toûjours avec vous-même. Il feroit
pourtant à propos, Monfieur , d'en
être quelquefois dehors : Rien ne
fied fi bien à l'ame que les rentrées

&

& les forties ; encore eft-il bon que
les rentrées foient rares ; parceque
l'ame fe trouve rarement bien avec
elle-même : il faut qu'elle forte,
qu'elle fe diffipe, qu'elle fe pro-
mene fur ce qui l'environne ; car
figurez - vous qu'elle eft fi libertine, qu'elle ne trouve point de pire
habitation que la fienne. Au refte,
quand je me plains de votre ame,
ne croyez pas que je vous faffe l'injuftice de la croire oifive. Je fai
qu'elle travaille ; mais elle travaille
en dedans, & ce n'eft pas-là fa bonne
façon de travailler. Vous êtes vif,
& je ne le trouve pas mauvais ;
mais cette vivacité que vous tenez
de la Nature, elle ne vous l'a pas
donnée pour en faire l'ufage que
vous

vous en faites, & votre ame n'eſt
point créée pour ſe ſervir à elle-
même de pâture : il faut qu'elle
aille au loin chercher la nourriture
qu'il lui faut, & qu'elle la cherche
groſſiere ; car, s'il vous plaît, ne
faites point le délicat ſur les alimens que vous lui donnerez : les
réflexions ſont ſes mets friands ;
mais ce ne ſont pas les mets les
plus délicieux qui ſont le plus de
bien. Occupez-vous d'objets qui
aient du corps ; vous n'y êtes
point accoûtumé, il eſt pourtant à
propos de vous y faire. Ces obſer-
vations fines qui vous flatent ſi
fort, ces objets délicats que vous
mettez tant de tems à conſidérer ,
ſont certainement honneur à l'eſprit,

prit : peut-être m'y laifferois-je
aller comme vous, fi je n'y pre-
nois garde ; mais on s'y attache
trop, & c'eft là un des attachemens
dont le Public tient le moins de
compte. Vous vous mettrez bien
mieux avec lui en vous occupant
de ce qui le regarde ; car fot comme il eft, il croira que c'eft pour
lui que vous travaillerez, & moi je
compte qu'il n'en fera rien : il y a
affez de gens qui s'embarraffent de
fes affaires, fans qu'un galant homme comme Vous s'en inquiete ;
vous les ferez à la vérité, parcequ'en même-tems vous ferez les
vôtres, & vous agirez envers lui
comme en agit envers nous la Nature, qui a l'adreffe de nous faire
accroire

accroire qu'elle travaille pour nous, lorsqu'elle ne fonge effectivement qu'à elle. N'allez pas me reprocher que je propofe à l'ennui qui vous accable un remede qui n'eft pas trop agréable ; j'en fais un plus délicieux, & qu'on appelle Amour; mais croyez-moi, Monfieur, tenez-vous-en à la Charge. L'Amour occupe agréablement ; mais il occupe quelquefois trop , & les fonctions d'Amant ne font pas toûjours légeres: je crois même que vous auriez mauvaife grace à aimer ; car, dites-moi , n'en avez-vous pas oublié le métier ? Il eft plaifant que ce foit le feul qui s'oublie à force de le faire.

Tome II.   E   LET-

LETTRE VIII.

AU MESME.

AU milieu de tant de gens qui courent après la Gloire, je ne vois que vous, Monsieur, d'immobile, & c'est peut-être parceque vous la méritez ; mais ne vous y fiez pas : ce n'est pas assez pour obtenir la Gloire que de s'en sentir digne, il faut la courir, il faut fendre la presse, écarter ses concurrens, & se croire permis tout ce qui peut aider à les surpasser. Je sais bien que vous serez toûjours remarqué dans la foule, même en n'allant que votre pas ordinaire ;

mais

mais ce ne fera que par les Curieux:
ils verront bien que fi vous vouliez
aller de toute votre force , vous
laisseriez loin de vous les plus avan-
cés dans la carriere ; mais le gros
du monde ne verra pas cela , &
votre peu d'ardeur pour l'estime ,
fera pris pour impuissance de l'acquérir. Courez donc , Monsieur ,
d'un pas plus rapide à la Gloire. Et
favez-vous comment je veux que
vous rendiez votre allure plus légere ? Je ne vous prie pas pour cela
d'avoir plus d'esprit que vous n'en
avez , vous en avez peut-être trop
pour ce que je demande. Ayez feulement la complaifance d'en trouver quelquefois à ceux qui n'en
ont point. Peut-être cela coûtera-

E 2   t-il

t-il à un Mifantrope comme vous ;
mais il faut que la Gloire coûte, &
même des baffeffes. Ces Beaux-Ef-
prits qui ont fait tant de fracas,
croyez-vous que contens de leur
mérite, ils ayent attendu que la
Gloire vînt à pas lents les en récom-
penfer ? Soyez fûr qu'ils ont été
au-devant d'elle, & qu'ils n'ont pas
dédaigné le fecours d'un certain
manege honteux à la vérité ; mais
néceffaire à faire valoir le mérite,
Ah ! fi avec l'efprit que vous avez,
vous pouviez, Monfieur, devenir
un peu fat, & l'être feulement
pendant trois mois, vous verriez
de combien en rehaufferoit votre
Gloire. Mais vous dites modefte-
ment de bonnes chofes, vous ne
pa-

paroiſſez pas même content de
vous dans le tems que vous devriez
l'être le plus ; on ne lit point dans
vos yeux que vous êtes pénétré de
votre excellence ; vous ne l'entendez pas , Monſieur : il faut avoir
l'impudence de dire qu'on a du
mérite , pour obliger le Public à
s'en appercevoir : il faut crier qu'on
eſt admirable même quand on ne
l'eſt pas. Et combien de gens l'ont
fait croire , parcequ'ils ſe ſont don-
nés eux-mêmes la peine de le dire !
Avec cela on ne vous voit jamais
avec les Grands & vous trouvez
mauvais que vous ne ſoyïez pas
conſidéré des Petits. Il faut toûjours flater ces Grands , me direz-
vous. Et oui, Monſieur , ne ſauriez-

E 3   vous

vous affez les méprifer pour le faire ? Vous êtes une étrange race, vous autres Mifantropes ; vous vous êtes mis dans la tête que vous méprifiez bien les hommes, parceque vous les méprifez du haut de votre raifon. Ne vous y trompez pas , ce n'eft pas - là la bonne maniere de les méprifer. Je veux moi que vous les eftimiez affez peu pour tirer parti de leur fottife. Je veux que pénétré de mépris pour eux , vous ayïez la force de leur foûtenir qu'ils ont du mérite ; & ne craignez rien, ils ne s'appercevront point que vous vous moquez d'eux. Que vos loüanges néantmoins en allant les flater, ne les élevent point affez

haut

haut pour qu'ils ofent vous méprifer. Ainfi pour ne les point gâter, prenez de tems en tems l'air infolent, il fied bien avec les fots : & vû le nombre, faites de cet air-là votre air ordinaire. Enfin, Monfieur, il faut traiter les hommes comme ils le méritent ; & puifque ayant à vivre avec eux, on a affaire de leur eftime, fongez à ne pas faire le délicat fur la maniere de l'obtenir. Adieu.

E 4   LETTRE

LETTRE IX.

AU MESME.

VOTRE folie, Monsieur, est
de vouloir que ma Chienne
soit une machine, & moi je vous
dis que Marquise a beaucoup d'esprit; je lui ai vû faire quantité de
jolies choses, dont Monsieur R.
qui passe pourtant pour homme,
ne se seroit jamais avisé. Après
cela pourquoi vouloir que Marquise soit une machine? Si elle savoit
parler, elle vous diroit que vous
en êtes une autre. Sérieusement
vous avez dans la tête un Méca-
nisme que je n'aime point, parcequ'il

qu'il pourroit être tourné, & étendu de maniere à avoir des conféquences fâcheufes; car enfin, fi les
bêtes font de purs Automates, fi
une certaine conftruction d'organes leur fait opérer les merveilles
que nous leur voyons faire ; qui
vous affûrera que nos organes encore plus délicats ne méritent pas
réellement l'honneur que nous faifons à la raifon, & ne font pas la
prééminence que nous nous donnons fur les animaux ? Figurez-
vous pour un moment un être qui
ne feroit ni bête ni homme, & qui
feroit intelligent. Ne pourroit-il
pas nous faire l'injure que nous
faifons aux bêtes ? Il diroit, s'il
vouloit, que la Nature qui pour
fon

fon honneur doit fimplifier fon ouvrage , a difpofé nos organes de
maniere à nous faire opérer les ac-
tions les plus raifonnables ; que
pour cela il n'a point été néceffaire de nous donner une ame ; qu'enfin la Nature n'a pas eu befoin que
nous raifonnaffions, & qu'elle nous
en a difpenfés en tout, comme vous
convenez vous-même qu'elle nous
en a difpenfés en quantité de chofes qu'elle fe donne la peine de faire elle-même. Et prenez garde , je
vous prie , que cet être , que je
fuppofe n'être point organifé comme nous, ne pourroit point s'affûrer
exactement que nous raifonnons ,
& que nous fentons ; il verroit feulement échapper de nous des mouvemens

vemens extérieurs qui fuppofe-
roient de la connoiſſance ; & par-
là il feroit précifément à notre é-
gard ce que nous fommes à celui
des bêtes : ainſi ce prétendu être ,
s'il vouloit faire le raifonneur, con-
clurroit hardiment de nous ce que
nous concluons des bêtes ; & pour
nous diftinguer, il nous feroit tout
au plus l'honneur de nous regarder comme des machines mieux
organiſées qu'elles. Voilà pourtant
où mene votre Mécaniſme ; & en
vérité, vous autres Cartéſiens , à
force de donner de l'efprit à la matiere , vous en viendriez à nous
ôter le nôtre ſi l'on vous laiſſoit
faire. Pour moi , Monſieur , n'en
déplaiſe à Vous & à Monſieur Deſ-
cartes,

cartes, je ne crois point que Mar-
quife foit une machine ; & pourquoi, je vous prie, croyez-vous
qu'elle en eft une ? Eft - ce parceque vous ne fauriez avoir avec
elle une converfation fuivie fur les
premiers principes des chofes,
comme vous en avez fi fouvent
avec Monfieur D. .? Mon Dieu !
elle eft bienheureufe de n'en point
raifonner du tout, & vous feriez
bien fage de l'imiter. Qui fait après
tout, fi fur tout cela elle n'en fait
pas plus que Vous ? Car ce ne
feroit pas beaucoup dire ; peut-être
qu'elle a un fens à part que vous
n'avez point, & ce fens-là lui donne l'intelligence de bien des chofes
qui vous caffent la cervelle ; peut-
être

être que les connoiſſances qu'elle a ſont de nature à n'être point apperçues de Vous , & c'eſt ce qui vous donne le droit de la mépriſer : mais je ne ſuis pas bien ſûre qu'elle ne vous le rende pas. L'autre jour que vous diſputiez ſi fort avec Monſieur D..., je la vis bâiller beaucoup , & je crois en vérité que vous l'ennuyâtes. Adieu, Monſieur , ne coyez pas ſi fermement avoir le privilége excluſif de ſentir & de raiſonner. Les bêtes ſentent & raiſonnent à leur façon. Je conviendrai, ſi vous voulez , que leur ame eſt d'une nature moins parfaite que la vôtre ; mais je veux abſolument qu'elles en aient une , & je vous trouve ſort ridicule de venir ôter l'ame à ma Chienne , qui ne vous a jamais fait que des careſſes.   LETTRE

LETTRE X.

AU MESME.

JE ne demanderois pas mieux
que d'admirer, Monſieur, &
j'admire comme une folle quand
je m'y mets ; mais parceque depuis
quelque tems que vous m'envoyez
des Livres, je n'en ai pas trouvé
un à ma fantaiſie, faut-il venir me
dire que je ſuis mépriſante ? En-
voyez-moi pour voir quelque Livre de génie, vous verrez l'accueil
que je lui ferai ; mais pour vos Livres nouveaux, je ſuis votre Ser-
vante, ne m'en envoyez plus. Ces
Auteurs que vous eſtimez tant,
m'im-

m'impatientent ; ils font trois heures à tourner autour d'une vérité
qui leur échappe , à moins qu'elle
ne foit commune , & alors ils me
font languir pour y arriver. J'ai eu
cent fois l'affront de me voir mener
comme un enfant par la lifiere à
une vérité où j'aurois fort bien été
toute feule. Ce que je trouve encore de cruel , c'eft qu'ils ne veulent jamais être naturels. Un tour
heureux leur paroît plat , parcequ'il n'a pas l'air d'avoir coûté :
une idée tournée galamment , parcequ'elle eft rendue d'une maniere
fimple & naturelle , ne paroît pas
piquante à ces Meffieurs ; ils veulent lui donner des graces de leur
façon , ils la tournent , ils la fer-
rent ;

rent ; & enfin après bien des foins ;
ils arrivent à être entortillez pour
avoir voulu être délicats, & obfcurs
pour avoir eu envie d'être vifs. Cependant vous dites qu'on ne ceffe
point de les admirer ; cela eft-il
bien vrai , Monfieur ? Par exemple , n'a-t-on jamais dit à Monfieur
De...* Que fes Vers étoient pro-
faïques ? Que fa Profe étoit dure
quoique lâche ? Qu'à la vérité fes
conféquences étoient affez bien ti-
rées ; mais qu'il les tiroit ordinairement de principes faux , ou pas
affez éclaircis ? Que quoi qu'en di-
fent fes Amis & fes Préfaces, il
n'avoit ni affez de fineffe, ni affez
d'étendue dans l'efprit pour aller
faifir

* La Mothe,

faifir ce qu'il y a d'eſſentiel dans les choſes ? Ce qui le mettoit dans la néceſſité de faire de gros Livres , & d'ennuyer longtems ceux de ſes Lecteurs qui n'avoient pas fait vœu de l'admirer toûjours. Qu'enfin il auroit mieux fait de s'arrêter à quelque genre d'écrire où il eût pû ſe rendre médiocre, que d'avoir l'orgueil de les parcourir tous, ſans avoir l'adreſſe d'en attrapper un ? N'allez pas, je vous prie , me ré-cuſer pour Juge , parceque depuis deux ans que je ſuis à ma Terre , je dois être devenue un peu Provinciale : je ſuis, s'il vous plaît, dans un meilleur point de vûe que Vous : les cris de la Cabale ne viennent pas jufqu'à moi. On ne

ſau-

sauroit me faire trouver un Ouvrage beau en me disant qu'il l'est; je le
juge par lui-même, & un Auteur
n'a point d'autre Avocat auprès
de moi que le plaisir qu'il me donne. Peut-être aussi me trouvez-vous
trop difficile ; mais que voulez-
vous ? Il est venu dans le siecle
passé des gens qu'on appelloit Mo-
liere, La Fontaine, Pascal, &c.
ces Messieurs-là pourroient bien
m'avoir gâtée ; car après tout, ils
étoient bien moins estimables que
nos Modernes ; ils n'avoient point
pour ainsi dire d'esprit, la Nature
se chargeoit d'en avoir pour eux ;
les jolies choses alloient se présen-
ter à eux d'elles-mêmes, ils n'a-
voient pas seulement l'honneur de
les

les chercher. Mais chez nos Modernes, tout eſt le fruit de leur travail ; ils doivent tout à leur raiſon, qui ne leur fournit qu'après avoir été bien preſſée : & je m'imagine que c'eſt cela qui les rend ſi chauds. Raillerie à part, vos Auteurs modernes ſont bien froids : ils ont dans la tête une certaine Logique qu'ils appellent exactitude ; ils la mettent fierement dans leur Proſe, ils la fourent dans leurs Vers, & je crois qu'ils grondent leur ſervante avec méthode. Je ne ſuis qu'une femme ; mais ne leur en déplaiſe, je ſais l'uſage de l'exactitude auſſi-bien qu'eux. Si par exactitude ils veulent dire juſteſſe de l'eſprit, je conviens avec eux qu'il en faut, & qu'il en faut

F 2   par-

partout : mais un Ouvrage peut
être exact sans en avoir la forme ;
& de même si on lit leurs Ouvrages, on verra qu'un Livre peut
avoir la forme exacte, sans contenir beaucoup d'exactitude. La vraie
exactitude, & celle que j'aime, est
dans les idées & dans les tours qui
bien d'accord ensemble doivent
tous se faire briller : mais cette sorte de beauté peut se trouver dans
un Ouvrage qui n'aura pas l'air
exact. Elle peut, par exemple, se
trouver dans un Conte ou dans
une Fable de la Fontaine : mais ce
qu'ils appellent exactitude, & ce
qui se trouve dans leurs Ouvrages, je l'appelle moi secheresse ;
parceque toute forme qui est exac-

te,

te , & qui pourroit se passer de l'ê-
tre , doit être appellée seche. Je
ne dirois rien à ces Messieurs, si
ayant en main une matiere abstrai-
te , & d'une prise difficile , ils lui
donnoient pour la bien développer,
une forme méthodique ; c'est-là la
place de la secheresse & de la méthode. Elle est merveilleuse pour
écarter le faux trop proche du vrai,
pour séparer les parties d'une vérité , qui examinée en gros , ne porte
à l'esprit rien de clair pour faire
sentir bien juste les différens rap-
ports de ces parties. Mais voilà
justement ce que ces Messieurs ne
font point , ils renoncent à tous les
agrémens du monde pour faire voir
clairement une idée déjà fort clai-
re ;

re ; ou fi cette idée mérite d'être éclaircie , fur quoi penfez - vous qu'ils faffent tomber leur analyfe ? Vous croyez peut - être que c'eft fur le nœud de la difficulté ? Point du tout , tout ce qui eft à côté de la difficulté eft examiné , excepté la difficulté même ; & il arrive de- là qu'on a été ennuyé fans avoir été inftruit. Voilà , Monfieur , ce qui fait ma mauvaife humeur : mais ne trouvez - vous pas que j'ai la colere bien raifonneufe ? Adieu.

LETTRE

LETTRE XI.

A MONSIEUR DE P...

VOus aimez, Monsieur, & vous aimez quelque chose de fort raisonnable , tant pis pour Vous : j'aimerois mieux que vous eussiez affaire à une étourdie , ces folles-là s'avisent quelquefois d'aimer ; elles n'ont pas toûjours l'esprit d'estimer le bien ce qu'il vaut ; mais je me défie furieusement de la raison de Mademoiselle De... ce sera elle à la vérité qui la fera appercevoir de votre esprit : mais elle lui apprendra aussi que vous êtes riche , & quand une fille qui
n'a

n'a pas de gros biens, a apperçû un mérite aussi solide que celui-là, vous ne sauriez croire les peines qu'elle a à l'oublier. Je ne dis pas cependant qu'on vous trompe, on peut vous aimer : mais vous devez vous rendre fort difficile à le croire : surtout ne vous laissez pas éblouïr aux marques de désinté-ressement qu'on vous donnera ; on ne sauroit vous donner qu'une bonne preuve de génerosité qu'on ne vous donnera point, ce seroit de renoncer à vous épouser ; & quand vous verriez couler des larmes de ces beaux yeux qui vous ont charmé, il ne faudroit pas pour cela vous tenir sûr d'être aimé : les larmes ne prouvent rien, Monsieur,

elles

elles marquent seulement que nous avons envie de prouver quelque chose. Mais voulez-vous savoir au juste les vrais sentimens que Mademoiselle De... a pour Vous ? Soyez attentif aux petits riens qui se passent entre Elle & Vous : c'est dans ces petits riens-là que vous verrez si l'on vous aime. Une femme ne se doute pas qu'on l'attend là pour la connoître, elle se néglige dans les petites choses, elle ne croit pas qu'on la regarde, son masque tombe, & alors on la voit telle qu'elle est. Pour bien vous assûrer encore si Mademoiselle De... vous aime, mettez-là quelque jour fort sérieusement en colere & voyez si dans sa colere elle

Tome II. G pa-

paroîtra tendre. Si elle le paroît, votre affaire est bonne , & l'on vous aime : mais si vous ne voyez qu'une femme irritée , si dans son dépit, rien ne sent l'amour, contez qu'il n'y en a jamais eu dans son cœur , & qu'on n'a cherché qu'à vous tromper. Mais je suis folle de parler raison à un homme qui n'en a plus , & je gage que vous me trouvez ridicule d'avoir de pareilles craintes. Que voulez-vous, Monsieur ? je suis née défiante : il y a surtout deux ou trois vilaines passions dont je me défie. Si elles se donnoient pour ce qu'elles sont , je ne les craindrois pas : mais elles prennent le nom de l'Amour pour nous surprenprendre , & alors nous avons la honte d'être doublement attrapées. Prenez-y garde.

G 2 LETTRE

LETTRE XII.

A MONSIEUR DE R...

VOu s voilà donc bien allarmé ? il vous eſt venu un rival, on le reçoit bien, on a les yeux plus vifs, la converſation plus animée avec lui qu'avec un autre. Eh bien, qu'y a-t-il à trembler ? Madame Des... vous aimera encore, ſi vous voulez, en dépit de ce beau Monſieur qui vous fait ombrage : mais n'allez pas faire les fautes dans leſquelles l'Amour fait ordinairement tomber les Amans ; ne parlez jamais mal de votre rival, dites de lui tout le bien que vous

en

én savez, & que dans les loüianges que vous lui donnerez, votre air jaloux ne vous trahiffe pas : furtout quand vous le verrez arriver chez Madame Des..., ne foyez point troublé de fa préfence. Qu'on ne voie aucune forte de crainte fur votre vifage ; je ne veux pas qu'il paroiffe feulement que vous deviniez le vol qu'on vous veut faire. Rien ne fied fi bien à un Amant aimé que la confiance : elle marque qu'il compte fur lui & fur ce qu'il aime, elle fait honneur à tous les deux. Je ne dis pas qu'il y ait du mal à être attentif aux démarches de fon Rival : il eft permis de défendre fon bien, & je le confeille : mais je veux que ce foit fourde-

G 3   ment,

ment , & fans qu'il y paroiffe ; car c'eft une erreur de croire que les femmes aiment fi fort en nous les mouvemens de la jaloufie. Je conviens qu'ils flatent leur vanité : mais ils ne font point faits pour animer leur cœur : ils lui donnent un plaifir affoupiffant qui mene à la langueur. J'aimerois mieux pour la confervation de ma tendreffe , que mon Amant tombât dans quelques fautes légeres dont il me demandât pardon après les avoir commifes , que de le voir toûjours craindre que je ne lui échappe. Les craintes d'un Amant ennuient , fes négligences piquent & réveillent. Arrangez votre conduite fur cette petite Philofophie-là , & fur ma parole

role vous vous en trouverez bien ;
car enfin qu'eſt-ce que votre Rival
a de plus que Vous ? Il eſt aimable,
eh , ne l'êtes - vous pas ? Mais , direz-vous , il a les graces de la nou-
veauté , n'eſt-ce rien ? Je conviens
que c'eſt quelque choſe : mais qui
vous empêche d'avoir comme lui
ces mêmes graces ? Vous vous
montrez ordinairement à Madame
Des... tendre , férieux , même un
peu grondeur : qu'elle vous voie
moins tendre , plus gai , d'une humeur facile , elle trouvera en Vous
un Amant nouveau, vous ſerez pour
ainſi dire de pair avec votre Rival,
& vous aurez de plus que lui l'a-
vantage d'être déjà maître du ter-
rain ; car après tout c'en eſt un au-

G 4   près

près d'une femme raifonnable. Enfin, Monfieur, il n'y a rien à craindre pour Vous, fi vous ne vous dé-
fendez contre votre Rival qu'en
vous montrant aimable; & en vérité pour peu que vous foyïez adroit,
il vous eft aifé de triompher de lui
fans faire femblant de le combattre : mais encore une fois je vous
tiens perdu, fi vous en demandez
le facrifice, vous marquerez par-là
que vous le craignez ; & marquer
qu'on craint un Rival, c'eft convenir qu'il eft à craindre, & par con-
féquent digne de plaire. Adieu. Je
fuis fûre que vous me remercierez
de mes confeils, quand vous les
aurez fuivis.

LETTRE

LETTRE XIII.

A MONSIEUR

LE CHEVALIER DE R...

C'EN est fait, Saint-Alb... est infidele, il s'est entierement relâché de ses devoirs d'Amant, & il a aussi-tôt semblé à Madame Dh... qu'elle ne devoit plus songer à plaire. Il y a maintenant dans son air & dans son langage un je ne sai quoi de sévere que le dépit y a mis, & qui ne lui sied point. Ces saillies qui la rendoient charmante, ne lui viennent plus ; je ne sai ce qu'elle a fait de ses agrémens : on diroit que Saint-Alb... les lui a

tous

tous emportés en s'en allant. En
vérité c'est grand dommage , &
puisque l'amour sied si bien à Madame Dh... vous devriez bien lui
en donner , & lui rendre ses premiers charmes ; il ne s'agit que
d'arracher Saint - Alb... de son
cœur , n'êtes - vous pas fait pour
cela ? Et quand cette conversion-
là vous coûteroit un peu , ne trouveriez-vous pas dans MadameDh..
de quoi vous payer de vos peines ?
Mais je vois ce qui vous arrête ,
vous avez honte de porter votre
encens à un Autel qu'on vient d'a-
bandonner ; vous en voudriez un
où il y eût de la presse : Mon Dieu,
Chevalier ! ces places si disputées
ne sont pas toûjours les meilleures.
Songez

Songez que quand on les offre,
c'eſt plus pour les faire courir que
pour les laiſſer prendre ; & je vous
avoue que ſi j'étois homme , ce
ne ſeroit point du tout là mon
compte. J'aime bien à courir , cela
donne de l'exercice ; mais je voudrois auſſi prendre quelquefois ha-
leine , & l'on dit qu'une Coquette
ſait de quelle conféquence il eſt de
ne point laiſſer ce tems-là. Je vous
connois, Chevalier, vous en cour-
rez quelqu'une de ces Coquettes
dont les yeux vous promettront
quelque choſe ; mais vous aurez
beau les ſommer de leur parole,
ils y manqueront, & il n'y a point
de tribunal où les Amans ſe faſſent
rendre juſtice là - deſſus. Madame
Dh...

Dh... ne vous promettra pas tant :
je ne crois pas même quand vous
lui demanderez, qu'elle prévoye
vous donner jamais rien, elle fait
trop ce qu'il en coûte : mais on fe
lasse de refufer toûjours , & vous
êtes fait pour obtenir. Màdame
Dh...a accordé fon cœur , & en
eſt maintenant fâchée,parce qu'elle
a de la peine à le ravoir : mais elle
ne l'aura pas fi-tôt ratrappé, qu'elle
ne fe fouviendra que du plaifir
qu'elle aura eu à le donner ; vous
vous trouverez-là , vous le demanderez , il commencera à coûter à
garder , on vous le donnera , &
alors vous en ferez l'ufage que vous
croirez le plus agréable.Mais foyez
conſtant , s'il vous plaît , ne vous
laſſez

laſſez point de vos chaînes , parcequ'on vous aidera à les porter : je
prévois que l'amour qu'on aura
pour Vous ſera d'une eſpece que
vous aurez de la peine à ſuppor-
ter, il ſera tendre , fidele , appli-
qué ; voyez ſi vous voulez vous
charger de Madame Dh... avec
tous ſes défauts : on n'aimera que
Vous , on vous aimera ſans caprice, on ne vous donnera pas le moindre petit ſujet de vous plaindre ,
vous ſentez-vous la ſorce de tenir
contre tout cela ? Tâtez-vous , &
venez me rendre réponſe : ſurtout
ne me trompez pas , pour mieux
tromper Madame Dh..., je ne
vous le pardonnerois jamais.

LETTRE

LETTRE XIV.

AU MESME.

JE l'avois bien prévû, vous êtes déjà infidele, & vous fongez actuellement à recommencer une paffion : tranquilifez - vous Chevalier, vous aurez, s'il vous plaît, la bonté d'attendre : le paffions ne reviennent pas quand on les appelle : il falloit ménager celle que vous aviez, ne la point ufer comme vous avez fait, faire filer votre bonheur, & en joüir avec plus de fobriété. Mais outre que vous êtes gourmant, vous êtes d'une friandife, vous autres hommes, qui n'eft n'eft comparable à rien : un plaifir ne vous touche point quand vous en imaginez un meilleur , vous voulez abfolument celui que vous favez le plus délicieux , vous n'a-vez point de repos que vous ne l'ayïez ; l'a-t-on abandonné à votre impatience , vous vous jettez avi-dément deffus , vous le goûtez fans retenue ; qu'arrive-t-il ? Il y avoit une fuite de plaifirs qui menoient par gradation à celui dont vous vous êtes crevé, & ces plaifirs-là devien-nent perdus pour Vous ; car quand on les a une fois fautés , ce n'eft pas la peine de revenir fur fes pas pour les goûter , ils paroiffent trop fades , on n'en veut plus. Peut-être direz-vous qu'il y a de notre faute

faute & que chargées comme nous
sommes d'aprêter & de vous dif-
stribuer vos plaisirs, nous devrions
nous en acquiter mieux, & le faire
avec plus d'œconomie ; que voulez-vous, Chevalier ? Les meres
gâtent les enfans, quand elles les
aiment , & les Amans sont des
especes d'enfans gâtés ; il n'y a
pas moyen de leur rien refuser ,
même ce qu'on sait qui leur fera
mal : on nous a dit cent fois qu'il
ne falloit pas si bien traiter nos
Amans, qu'ils en abusoient, que
nous les perdions en les rendant
heureux ; nous n'en sommes pas
plus sages, il nous en coûte trop
de les voir souffrir ; & ce qui
augmente notre pitié pour eux ,

c'est

c'est que nous souffrons nous-mêmes. Mais revenons à Vous, il faut
avoüer que vous êtes bien malheureux, à peine vous a - t - on donné
une paſſion qu'on ne ſait ce qu'elle
devient ; elle fond pour ainſi dire
entre vos mains, elle vous échappe, vous n'avez jamais la force
de l'arrêter : je ſai bien que vous
comptez ſur l'heureuſe facilité que
vous avez eue juſqu'ici à reprendre des paſſions à meſure qu'elles
vous ont quitté, & je connois vos
reſſources : mais ne vous y fiez pas,
à force de mettre ſon cœur à tous
les jours, on l'uſe à la fin ; & quand
il eſt une fois bien uſé, il n'y a pas
moyen d'en faire grand choſe.
Adieu, Chevalier. Vous aimez

Tome II. H trop

trop vîte, & trop souvent : & du train que va votre cœur, je prévois qu'il vous refusera quelque jour fort sérieusement le service.

LETTRE

LETTRE XV.

AU MESME.

VOus êtes amoureux, & vous l'êtes de quelque chofe fort aimable : mais quand Mademoi-felle L... auroit quatre fois plus de charmes , ces charmes n'en feront jamais une fille d'efprit ; elle reftera toûjours fotte , & il faudra néceffairement qu'elle vous en-nuie. Je fai bien qu'un homme auffi amoureux que Vous a des reffources : mais ces reffources-là manquent quelquefois : l'amour a des tems de fechereffe , le cœur a des momens de filence , & ces mo-mens font fûrement remplis par

H 2   l'ennui ;

l'ennui ; à moins que l'esprit, avec
tout ce qu'il a d'amusant, ne vien-
ne y mettre ordre. Il est bien vrai
que vous ne vous ennuierez jamais tant que vous ne ferez que
regarder Mademoiselle L..., ses
yeux disent les plus jolies choses du
monde, & ils vous les diront avec
tendresse. Mais si par malheur elle
ouvre la bouche, elle dira sûrement une sottise, & alors que de-
viendrez-vous ? Je gage qu'en de
certains tems que vous l'aimez
moins ; car on ne sauroit aimer
toûjours de la même force : je gage
que vous rougissez pour elle de ce
qu'elle dit, & je suis bien trompée
si vous n'avez à rougir souvent :
il faudroit pour bien faire que vous
                                    fussiez

fuffiez dans un enchantement continuel avec elle ; mais je vous en défie : les extâfes durent peu aux gens d'efprit ; vous êtes fait malheureufement pour voir les chofes telles qu'elles font , & l'ivreffe des paffions paffe vîte à quelqu'un d'auffi raifonnable que Vous. Cela eft fâcheux ; mais auffi que n'aimez - vous une femme d'efprit. Quand votre cœur feroit épuifé, votre efprit qui feroit tout frais viendroit à fon fecours , & la converfation refteroit toûjours vive. Je vous avoue que je ferois bien curieufe d'affifter fans être vûe , à quelqu'un de vos tête-à-tête ; je foupçonne que vous n'y êtes entendu que lorfque vous dites que

vous

vous aimez ; encore faut-il que vous le difiez d'une maniere bien fenfible. Quelqu'un pourtant voulût me faire entendre ces jours paffés, que vous trouviez de l'efprit à Mademoifelle L...: cela me prouva que vous lui aviez trouvé bien des charmes, & elle a l'air d'en avoir : mais pour de l'efprit, elle n'en a certainement point. Ce qu'elle a, eft une efpece de volqu'elle a fait à l'efprit de tout ce qu'il a de mince & de fuperficiel ; mais vous favez bien que ce n'eft pas-là lui. Que vous importe après tout qu'elle ait de l'efprit, pourvû que vous n'ayïez pas le tems de vous appercevoir qu'elle en manque ? La plûpart de vos jolies

femmes

femmes de Paris en ont-elles davantage, il faut bien malgré cela
qu'on les aime. Mais, dites-moi,
songe-t-on effectivement à les aimer ? Car je ne saurois penser que
vous aimiez parfaitement Mademoiselle L.... Vous vous l'êtes
fait accroire, & parce que vous
lui donnez souvent des marques
de tendresse, vous croyez bonnement en avoir. Non, Monsieur,
toutes les fois qu'on dit & qu'on
croit donner son cœur, on ne le
donne pas toûjours ; on donne à
sa place quelque chose qui a de
son air, & heureusement pour vous
autres, les femmes sont sujettes
à prendre le change ; Elles seront
toûjours

toûjours affez vaines pour vous croire , & vous affez fots , pour vous faire honneur de les avoir trompées.

LETTRE

LETTRE XVI.

AU MESME.

IL m'eſt revenu qu'il y avoit dans le monde une conquête qui tentoit votre vanité ; & que vous n'aviez pourtant pas l'audace d'entreprendre. Qu'eſt-ce que c'eſt, Chevalier ? Je ne vous reconnois plus : qu'eſt devenu votre courage ? Et l'exemple d'une trentaine de fats qui ont manqué Madame De... doit-il vous faire trembler ? Je vous dis moi qu'elle vous aimera, il ne s'agit que de ſuivre mes conſeils, & je ſuis aſſez généreuſe pour vous les donner. Madame

De... eſt dans la ſituation la plus commode du monde pour Vous ; abandonnée de tous ces aimables qui s'étoient promis d'en avoir raiſon, elle eſt actuellement rendue à elle-même ; ainſi il n'y a plus pour Vous rien de fâcheux à craindre, & vous pouvez hardiment vous préſenter. Mais, s'il vous plaît, que ce ne ſoit point comme Amant ; ce titre a mal réuſſi à ceux qui l'ont pris. Donnez-vous pour un homme qui ne demande rien, qui ne prétend attenter à la liberté de perſonne ; mais qui en même-tems ne craint rien pour la ſienne. Que vos viſites dans le commencement ſoient rares, & ſurtout courtes. Des viſites

tes trop longues fentiroient l'a-
mour. Madame De... en feroit honneur à fes charmes , & je veux
qu'elle croye ne les devoir qu'à
votre oifiveté. Je vous permets
pourtant de redoubler vos vifites ;
mais ce fera quand il en fera tems ;
il faut auparavant que Madame
De... ne s'en défie point, qu'elle
vous les ait demandées elle-même , qu'elle fe croye dans une parfaite fécurité à votre égard, qu'enfin vous ayïez obtenu d'elle une
certaine confiance qui lui ait plei-
nement fermé les yeux fur le danger qu'elle court. Ce fera alors que
profitant du calme où vous l'aurez
plongée , vous lui coulerez fûrement le poifon de l'amour , & com-

I 2   ment

ment réfistera-t-elle à le prendre ?
Elle ne faura point ce que vous lui
préfenterez, elle l'avalera à longs
traits, elle lui trouvera le même
goût qu'à l'amitié, & le prendra
bonnement pour elle. Dans ce tems-
là, foyez fi vous voulez plus affi-
du ; comme elle croira n'avoir que
de l'amitié pour Vous, elle ne
vous foupçonnera pas d'avoir de
l'amour pour elle, & par-là vous ferez plus à portée de fortifier celui
que vous lui aurez infpiré. Surtout
donnez à votre efprit cet enjouement que je lui connois. Si vous
faviez, Chevalier, combien nous
nous défendons mal contre qui
nous amufe ; & comment nous dé-
fendrions-nous ? Nous ne favons

pas

pas seulement qu'on nous attaque ;
rien pourtant ne le fait mieux , &
n'en a moins l'air que l'enjouement;
ayez-en donc , Chevalier , & affai-
fonnez-le de cet air doux qui vous
gagne fi bien les hommes quand
vous voulez : il eft fait exprès pour
furprendre les femmes. Tout ce
que je vous dis-là eft un peu traître : mais vous n'êtes pas au bout ;
& je vais vous paroître bien plus
méchante encore. Quand vous verrez Madame De... bien prife, (&
fûrement fes yeux & fes manieres
vous en avertiront) alors vous ferez une petite difparate. L'abfence
quand elle eft courte , eft excel-
lente pour faire éclore & pour fortifier l'amour. Vous ferez donc

trois ou quatre jours fans la voir ;
car il faudra bien lui laiffer le tems
de fonger , & je vous donne ma parole qu'elle fongera. Elle commencera d'abord par être étonnée de
ce qu'elle ne vous voit point ; enfuite elle viendra à s'en plaindre,
elle ne faura pas au jufte pourquoi
elle s'en plaint, à peine même ofe-
ra-t-elle l'examiner ; cependant
elle ne laiffera pas que de le faire.
Avec cela elle ne fe trouvera amufée de rien , parcequ'elle fe fera
accoûtumée à n'être amufée que
de Vous. Elle fera de mauvaife
humeur ; elle ne faura précifément
contre qui ; mais elle fentira bien
qu'il lui manque quelque chofe ;
& après y avoir bien rêvé , elle
trou-

trouvera à la fin, que c'est Vous.
Alors qui sera bien fâchée, ce sera
certainement elle : mais ce dépit
sera peu propre à la guérir. Elle
en aimera mieux, parcequ'elle en
sera fâchée ; enfin quand toutes ces
opérations-là se seront passées dans
l'ame de Madame De..., vous vien-
drez faire votre devoir ; c'est-à-
dire, recueillir le fruit de vos noirceurs. Et quelle gloire ne vous pré-
pare pas votre retour ? Tout ce
que Madame De... aura amassé d'a-
mour dans son cœur depuis qu'elle
vous connoît, sera écrit dans ses
yeux. Vous aurez le plaisir d'être
reçu avec plus de cérémonie qu'à
votre ordinaire. On vous grondera
de n'être point venu, & de quelle

I 4   fa-

façon ? D'un air tendre, & confus qui vous charmera. On ne vous dira pourtant point qu'on vous aime ; mais on se plaindra de Vous comme si on vous l'avoit dit. Enfin , sans avoir parlé d'amour vous aurez eu l'honneur d'en faire naître , & le bonheur de n'en pas douter. Adieu. Je ferois de Vous un dangereux garçon, si Madame De... n'étoit pas si belle : mais un seul de ses regards vous fera oublier mes conseils , & l'amour vous mettra hors d'état de les suivre ; tant mieux pour vous, Chevalier, il est fort noble de plaire : mais il me paroît plus doux d'aimer.

LETTRE

LETTRE XVII.

A MADAME DE LA S...;

JE ne suis point vôtre dupe ; Madame ; l'indifférence dont vous nous vantez tant les plaisirs ; vous doit être extremement à charge ; il vous faut du plaisir , & je ne vois que l'amour qui puisse vous en donner. Assûrement l'amour vous est plus nécessaire qu'à une autre , parceque vous êtes plus raisonnable. Si vous étiez un peu folle ; comme quantité de femmes que je connois , vous seriez en état de vous passer de l'amour. Amusée de mille riens , remuée par les plus
petites

petites chofes, vous ne foupçonne-
riez peut-être pas qu'il vous manque d'aimer : mais vous qui ne fauriez vous occuper de bagatelles,
vous dont les réflexions ont accoûtumé l'ame à fe nourrir de chofes exquifes, & qui les avez prefque épuifées ; vous enfin qui avez
fait tant d'ufage de votre efprit,
& qui, à ce que vous dites, n'en
avez jamais fait de votre cœur,
vous devez continuellement fentir
le befoin d'aimer ; & franchement
lui réfifter toûjours, c'eft trop d'affaire. En vérité l'honneur d'être
indifférente ne vaut pas ce qu'il
en coûte pour l'être ; & fi vous
demandiez fur cela avis à votre
raifon, je fuis fûre que vous ne
pren-

driez pas tant de fatigue : mais vous en croyez votre orgueil, qu'il vous plaît d'appeller raiſon. Ne faites plus, Madame, de pareils *Quiproquos*. Ce que vous avez deſormais de plus raiſonnable à faire, c'eſt de vous abandonner à votre cœur. Je ſai bien que vaine comme vous êtes, il vous paroîtra plus beau de régner ſur vous-même ; mais outre que cet empire eſt peu agréable, j'oſe vous aſſûrer qu'il ne ſauroit réellement vous faire honneur ; il n'exprime que la force de votre orgueil, & par conſéquent votre foibleſſe, & entre nous, foibleſſe pour foibleſſe, j'aimerois mieux l'amour. Ce qui m'a toûjours plû dans l'amour, c'eſt

qu'il

qu'il fait que nous nous occupons des autres , & presque toûjours avec plaisir. L'orgueil nous fait toûjours songer à nous : mais je ne sai comment cela se fait , nous ne nous occupons pas de nous si a- gréablement qu'on diroit bien. Car enfin vous aurez beau faire passer vos qualités en revûe à votre amour propre , il faudra à la fin que ce spectacle - là , tout agréable qu'il peut être , vous ennuye. Le mé- rite d'un Amant ne vous ennuiera pas si vîte , & il y aura certaine- ment plus de profit pour vous , à vous occuper d'un autre que de vous-même. Faites vos réflexions , Madame , sur ce que j'ai l'honneur de vous dire. En qualité de femme

ce

ce n'eſt point ici mon intérêt qui me preſſe ; il ne m'en reviendra rien quand vous aimerez, ce ne ſera pas moi qui profiterai de votre foibleſſe : mais je vous aime, & je ſerai charmée de vous ſavoir un peu plus heureuſe ; c'eſt-à-dire moins raiſonnable que vous ne l'êtes.

LETTRE

LETTRE XVIII.

A MADAME...

POURQUOI, Madame, donner dans l'Aftrologie ? Folie pour folie, je m'en ferois tenue à l'Amour ; c'eft la plus agréable, quoique la plus commune de toutes : car enfin vous aurez beau confulter les Aftres, ils ne vous répondront jamais fi joliment que Monfieur De... Il eft vrai que vous ferez toûjours trompée d'une façon ou d'une autre : mais enfin il eft plus doux d'être féduite par un Amant : on ne fauroit s'en défendre, & il me femble qu'il eft fort aifé de n'être
tre

tre pas la dupe des Aſtres. Ça par-
lez-moi franchement, penſez-vous
que ces Aſtres que vous interro-
gez, puiſſent bien répondre aux
queſtions que vous leur faites ?
Croyez-vous bien fermement que
la Planete qui a préſidé à votre
naiſſance, ait le droit de décider
de vos plaiſirs ? Écoutez, je ne ſuis
pas grande Phyſicienne, & je ne
m'en repens pas. La Phyſique eſt
une ſcience qui n'eſt point faite
pour nous ; nous ſommes trop
vives pour nous accommoder d'u-
ne ſcience qui ne décide rien : mais
ſi la Phyſique peut nous apprendre
quelque choſe, c'eſt aſſûrement
que les Planetes n'ont rien à dé-
mêler avec les mouvemens de notre

tre ame, ou du moins pas plus que
les autres corps qui nous environnent ; moins peut-être encore ,
parceque les corps qui nous sé-
parent d'elles rompent l'effet qu'elles pourroient faire sur nous. Mais
voulez-vous que je vous apprenne
votre grande raison de croire à
l'Astrologie. C'est que vous sou-
haitez qu'elle puisse vous instruire
de l'avenir , & cela suffit pour vous
faire croire qu'elle le peut. Le
malheur de l'Astrologie est que
ce n'est point un vice de l'esprit :
vraiment si c'en étoit un , la Philosophie en viendroit à bout : mais
c'est une folie du cœur , & cela
est plus fort que la Philosophie.
On apprend bien aux hommes à
penser

penſer juſte : on leur apprend cela tous les jours dans les Écoles ; mais on ne leur apprend pas à ſentir de même. Or jugez ſi ce qu'on n'apprend pas aux hommes, on nous l'apprendra à nous autres femmes qui n'en croyons jamais que notre cœur, qui eſt poutant le plus mauvais Philoſophe du monde. Je gage qu'à ce penchant naturel que nous avons tous pour l'avenir, s'eſt joint l'amour que vous avez pour Monſieur D..., & que tous deux vous ont conduite inſenſiblement, & par le plus beau chemin du monde, à l'Aſtrologie. Vous avez aimé Monſieur D..., & dès-lors vous avez ſouhaité qu'il vous aimât toûjours.

N'eſt-

N'eft-il pas vrai que votre cœur
vous a répondu auffi-tôt qu'avec
l'amour que vous auriez toûjours
pour lui , il étoit impoffible qu'il
pût jamais en manquer pour Vous ?
Comme vous avez de l'efprit ,
vous vous êtes défiée de la Logique de votre cœur ; & pour vous
y fier mieux , vous avez pris les
Aftres pour caution de la fidélité
de votre Amant. Hé , Madame ,
ces grands Globes qui roulent fur
nos têtes ne fe mêlent point de ce
qui fe paffe ici bas ; ce qui nous
détermine eft bien plus près de
nous , les Aftres & quelquefois la
raifon même , n'y ont pû voir :
Ainfi , Madame , aimez tant que
vous pourrez , & ne fongez point
à

à arracher des Aftres un fecret qu'ils ne favent point, & que vous ne tirerez jamais d'eux. Si quelqu'un pouvoit vous apprendre ce que deviendra votre paffion , ce feroit la raifon ; mais donnez-vous de garde de la confulter , elle vous répondroit trop triftement ; car c'eft fa façon de répondre. Elle vous diroit que votre tendreffe n'eft pas plus privilégiée que les autres , & qu'il faudra néceffairement qu'elle finiffe. Ainfi point de raifon , Madame ; mais auffi point d'Aftrologie, je vous prie. On pardonne l'amour, c'eft une trop douce folie pour que la fageffe s'y oppofe : il n'en eft pas de même de l'Aftrologie ; quoi-

K 2   qu'elle

qu'elle parte du cœur, elle en part
de trop loin, & ne fait point assez
de plaisir pour que la raison lui
fasse grace.

LETTRE

LETTRE XIX.

A MADAME DE LA S...

VOus prîtes mon parti l'autre jour, Madame, parcequ'on difoit que j'étois ignorante : il falloit en convenir de bonne foi, parce que je le fuis, & que je ne rougis point de l'être ; car je vous dirai qu'il n'a tenu qu'à moi d'être favante. Grace au Ciel, je fuis née avec d'affez bons yeux, je n'avois qu'à les jetter fur les Livres : avec cela je n'ai pas la mémoire mauvaife, & j'aurois pû en l'obligeant à quelque effort lui faire retenir une partie des fottifes que j'aurois lûes : mais je l'ai laiffé faire, & elle

a

a pris malheureusement l'habitude
de ne retenir que les bonnes choses : cela fait qu'elle s'est fort peu
exercée. Que m'importe à moi d'ê-
tre instruite exactement des rêveries de l'Antiquité ? Encore si ces
rêveries étoient déduites avec ordre comme celle de nos Modernes,
la méthode m'en plairoit , & ce
qu'il y auroit d'ingénieux dans ces
songes philosophiques , me feroit
occuper d'eux avec plaisir : mais le
moyen , Madame , que l'Antiquité
n'impatiente pas quelquefois un esprit tant soit peu raisonnable. Ces
Messieurs les Anciens , quand j'y
songe , écrivoient bien à leur aise ;
la premiere idée qui s'offroit à eux
étoit assez souvent la bien venue;ils
se

se donnoient seulement la peine de
la noyer dans des expressions poë-
tiques, ou de la presser dans des termes obscurs ; & avec ces précau-
tions-là ils étoient admirés, & quelquefois ils le sont bien encore. Pour
moi je ne suis point sujette à l'admiration , & l'Antiquité, quoique
vous connoissiez mon goût pour
elle , ne m'en inspire pas toûjours.
Je regarde Aristote comme je re-
garderois mon voisin ; & si mon
voisin avoit dit une sottise, je ne
me donnerois certainement pas la
peine de la retenir. Je sai bien que
ma mémoire, ornée de toutes ces
visions , auroit eu l'éclat qu'il lui
auroit fallu pour me donner de la
considération dans le monde ; j'aurois

rois presque été difpensée d'avoir
de l'esprit, & tout ce que j'aurois
fû d'extravagant, auroit donné à
ma vanité un effor que ma raifon
ne lui a pas laiffé prendre : mais,
Madame, toute brillante de gloire
que j'aurois été, j'aurois toûjours
été fotte ; & en vérité faut-il fe
donner tant de peine pour l'être ?
Il faut que je vous avoue ici tous
mes défauts : je ne crois pas que la
vanité à elle toute feule m'ait fait
ignorante, ma pareffe en a auffi un
peu l'honneur : la Nature ne m'a
pas parue fi embrouillée que les
Écrits de ces Philofophes : il m'a
femblé que ce qui avoit été fait
pour être apperçû, étoit bien-tôt
vû quand on favoit regarder. Pour
le

le reste que la Nature a voulu dérober à nos yeux, j'ai crû que c'étoit folie de vouloir le connoître. Cherchons la vérité, si nous sommes curieux ; mais cherchons-la où elle est, c'est-à-dire, dans la Nature. Si Platon l'a trouvée, il l'aura trouvée là ; qui m'empêche de la chercher comme lui ? S'il l'a manquée, je la trouverai peut-être ; au pis aller, si je la manque, je substituerai à sa place quelques sottises, & j'aurai toûjours plus d'honneur à les imaginer qu'à les apprendre. Raillerie à part, on fait un vol à son jugement, toutes les fois qu'on cultive trop sa mémoire ; car vous qui êtes Philosophe, Madame, vous sentez bien qu'une ame qui

n'a

n'a jamais pensé qu'à exercer sa
mémoire , en revient avec peine ,
& toûjours de mauvaise grace , à
l'emploi de penser , qui est bien
plus difficile. Hé, où voulez-vous
que le jugement & l'imagination
aient appris à travailler , quand la
mémoire a toûjours voulu faire tout
à elle seule ? Notre orgueil a beau
dire , notre ame que nous estimons
tant , & qui est cependant si mé-
prisable , n'est pas capable de tant
de choses : nous pouvons bien à la
vérité lui faire prendre un certain
pli : mais ce pli est-il pris , nous lui
en donnons difficilement un autre :
nous pouvons bien l'instruire à méditer , pour peu qu'elle n'y ait pas
d'opposition : accoûtumée à ce travail ,

vail, ce n'en sera plus un pour elle ;
peut-être même à force d'habitude, elle viendra là s'en faire un
jeu : mais il ne faut pas croire que
les forces de notre mémoire , que
nous aurons pendant ce tems-là tenue oisive , auront la même vi-
gueur que si nous les avions exer-
cées. Laissez-moi donc , Madame ,
être ignorante tout à mon aise :
laissez-moi cultiver cette partie de
mon ame , par laquelle je puis at-
traper le vrai par moi-même , je
suis assez vaine pour n'en vouloir
avoir obligation à personne. A l'é-
gard de ces faits purement histori-
ques, sur lesquels vous dites qu'on
me reproche encore mon igno-
rance : qu'on reproche tant qu'on

voudra, je ne me corrigerai pas :
Je n'ai point de plaifir à lire des
menfonges, ou du moins dés faits
que je puis regarder comme tels.
Je lis volontiers des Romans : il y
en a qui m'ont fait pleurer ; mais
on me les donnoit pour tels, & je
n'étois la dupe de perfonne. Vos
faits hiftoriques ne font pas de
même, ce font le plus fouvent des
menfonges qu'on me donne pour
des vérités, & des menfonges froidement imaginés. J'ai peut-être
tort : mais je crois fort peu de chofes de ce que nous dit l'Hiftoire.
Je veux bien croire qu'un tel Roi
a régné dans un certain tems,
puifque l'Hiftoire le dit : mais
qu'on ne m'oblige point à croire
les

les détails, je n'en croirai pas un :
& comment les croirois-je ? Quand
il s'est fait une batterie dans ma
rue, une heure après je ne saurois
savoir au juste comment elle s'est
passée. Que m'apprendra donc cet
amas de vérités & de mensonges
qu'on appelle Histoire ? J'y verrai
un cours successif de perfidies, de
trahisons, de noirceurs ; j'y verrai
les passions en feu, faire tout leur
ravage. Hé, mon Dieu ! pourquoi
aller voir cela si loin ? Mon cœur
n'est-il pas le répertoire des sottises
humaines ? N'ai-je pas là en ra-
courci les vertus & les vices ? Et
n'aurai-je pas plutôt fait d'y fouil-
ler, que dans de gros Livres qui
m'ennuieroient sûrement, & me

L 3   trom-

tromperoient peut-être ? Je reste-
rai donc ignorante, Madame, en
dépit de tout ce qu'on pourra dire ;
& voyez les ressources de la vanité, je me saurai encore bon gré de
l'être.

LETTRE

LETTRE XX.

A LA MESME.

JE fortois ces jours paffés de ma toilette, & j'étois affife fur mon fopha, moitié éveillée, moitié endormie, lorfqu'on m'annonça le Chevalier De... Il me regarda à peine, & s'affit dans un fauteuil fans me rien dire. Son air étoit morne & rêveur ; & comme il eft naturellement fort gai, je lui demandai la caufe d'un fi grand changement. *Ah ! Madame, me dit-il, vous favez combien je fuis attaché à Madame S..., car mon cœur n'a jamais rien eu de caché pour Vous.* &

L 4   je

je vous ai dit mille fois combien je l'aimois. Cependant elle m'a joüé le tour le plus cruel du monde. Il y a huit jours que j'étois seul avec elle , interdit , plein d'amour & de respect comme à mon ordinaire : je cherchois dans ses yeux de l'espérance pour mon amour , je les vis se troubler , elle m'assûra qu'elle m'aimoit , elle eut la foiblesse de m'en offrir toutes les marques possibles , & moi j'eus celle de les prendre. Depuis ce tems , je ne me retrouve plus ces craintes , ces inquiétudes qui m'avoient tant charmé : je n'ai pas le tems d'avoir le moindre désir avec Madame S... ; elle est toûjours prête à m'assûrer qu'elle m'aime , elle me le jure à tous les quarts-d'heure , elle me baise les mains comme une folle , &

je

je fuis obligé de lui dire qu'elle n'eft
pas fage. Il me prit, je vous l'a-
voue, un éclat de rire qui ne mar-
qua point de pitié pour le Chevalier, & qui le déconcerta furieufe-
ment. *Parbleu*, *Madame*, s'écria-
t-il brufquement, *il y a bien là de
quoi rire*, *& je voudrois bien vous y
voir*. Et le voilà auffi-tôt qui me
quitte fans prendre congé de moi,
& de la plus mauvaife humeur du
monde. Mes gens m'ont dit qu'ils
l'avoient entendu gronder entre
fes dents en defcendant l'efcalier :
mais il me le pardonnera s'il veut, j'en
rirai bien encore. Je ne ris pas tant
quand je fonge à la pauvre Madame S... ; je la crois bien occupée
à jurer contre les hommes, & c'eft
à

à bon titre. Mais non , qu'elle jure plutôt contre son cœur, c'est lui qui l'a le plus trompée. Ne nous plaignons point des hommes , Madame ; ils profitent de nos sottises ; mais c'est notre cœur qui nous les fait faire.

LETTRE

LETTRE XXI.

A LA MESME.

VOus me reprochez que je suis coquette, & je veux bien convenir que je le suis un peu : mais en vérité que voulez-vous que je sois? Et me conseilleriez-vous de faire un heureux pour en faire deux jours après un ingrat ? Pourquoi tant craindre, me direz-vous ? Il y a encore des Amans fideles. Je le crois, Madame, la Nature en a peut-être jetté sur la terre une demie-douzaine, pour nous apprendre qu'il y en avoit : mais croirai-je que dans cette demie-douzaine il y en aura quelqu'un qui me sera

ré-

réservé ? Ne foyons point vaines,
on eft toûjours puni de l'être:
croyons-nous aimables fi nous poû-
vons, c'eft une idée qui réjoüit:
mais tenons-nous bien fûres que
les hommes font des perfides, &
fans nous expofer à l'apprendre par
nous-mêmes, qu'il nous fuffife
d'entendre les cris des femmes a-
bandonnées. Je fai bien que votre
cœur a une morale contraire à
celle que je vous prêche. Il vous
perfuadera fi vous voulez que votre
Amant fera fidele : il fera plus, il
vous le fera voir tel. Enfin, il
vous fera croire tout ce qu'il voudra ; car je ne fache pas d'Orateur
plus éloquent que lui : mais défiez-
vous-en, car il faut fe défier de tout

ce

ce qui plaît. Vous avez entendu parler des Syrènes ; c'étoient des plus jolies personnes du monde, elles enchantoient par leurs sons , elles charmoient les yeux. Enfin , c'étoit perdre son tems que de raisonner ; & après avoir fait bien des réflexions , il falloit en approcher. Savez - vous ce qu'elles faisoient alors aux gens ? Elles les étouffoient. Voilà , Madame , comme nos Amans font faits : charmans quand ils veulent plaire , ils n'oublient rien de ce qui peut y servir ; caresses , soins , respects , tout est employé par ces Messieurs, tout est mis en œuvre pour nous vaincre. Les traîtres ont-ils réussi ? Ils deviennent nos maîtres , un jour de plus

plus en sait des tirans ; & bien-tôt
après las de l'être, ils vont chercher une nouvelle matiere à leurs
triomphes. Hé bien, direz-vous,
si les Amans sont des perfides,
nous est-il si difficile de l'être ?
Essayons un nouvel Amant, on
n'est pas toûjours malheureuse ;
peut-être celui-là sera-t-il plus fidele, peut-être même le trouve-
rons-nous plus tendre : enfin quand
nous serions destinées à de nouvelles disgraces, n'est-ce pas toûjours
un bien que de faire usage de son
cœur ? Prenez-y garde, Madame,
à force de faire usage de votre
cœur, vous n'en ferez plus ; on s'y
trompe tous les jours, quelque
chose qui lui ressemble agira à sa
place,

place, vous vous y méprendrez ;
mais ce ne fera pas lui. Ce quelque chose, il est vrai, parlera vivement : mais fûrement il ne parlera point comme l'amour. L'amour est tendre, foûmis, délicat ;
feat les affronts : mais il n'ose s'en
venger que fur lui-même ; il lui en
coûte toûjours trop pour le faire.
Ce quelque chose que vous prendrez pour lui, trouvera mieux fon
compte à la vengeance : mais fi
vous vous méprenez à ce qui vous
détermine, les autres ne s'y tromperont point. Les hommes ne font
point injuftes, ils pardonnent tout
au cœur ; mais ils ne pardonnent
qu'à lui, & tout ce qui veut prendre fon nom, eft découvert &
puni

puni aussi-tôt par l'infamie. Ainsi ,
Madame , ne soyons point assez
foibles pour nous donner un vain-
queur ; qui sait s'il ne choisiroit
pas pour se dégoûter de sa victoire , le tems que nous serions le
plus charmées de recueillir le fruit
de notre défaite ? Gardons - nous
surtout de nous en consoler , en
nous abandonnant à de nouveaux
vainqueurs ; au milieu de leurs
triomphes , ils n'en seroient guere
plus honorés , & il me semble que
nous en deviendrions bien plus
méprisables. A quoi donc passer
sa vie , me direz-vous ? A quoi,
Madame? A donner , si cela se pouvoit , des desirs , & à n'en jamais
prendre. Ce seroit peut - être ce
qu'on

qu'on pourroit faire de mieux pour foi & pour les hommes. Trop de plaifir les perd, il faut le leur affaifonner ; car mettez - vous dans la tête que les hommes ne fauroient digérer les grands plaifirs fans en être incommodés. Il faut au cœur des viandes légeres ; il faut qu'elles lui foient apprêtées par une main habile. Or cette main habile ne fauroit être celle d'une femme qui aime. Savez-vous ce qui fait le malheur d'une femme qui fe livre à fon cœur ? C'eft qu'elle fonge trop à fon plaifir ; une Coquette n'a pas ce défaut. là, elle fonge au plaifir des autres ; auffi le fait-elle durer. Vous ne perdez jamais avec une Coquette les

Tome II.   M   crain-

craintes, les defirs, la demie-affû-
rance d'être heureux. Avec une
femme qui aime, il n'eft bien-tôt
plus queftion de cela. On aime, on
eft aimé, & l'on tombe dans la
langueur. Au refte le pas eft glif-
fant, il faut bien de l'efprit, beaucoup de vertu, nulle forte de fen-
fibilité pour être Coquette ; &
quand une Coquette n'y prend pas
garde elle devient une vilaine chofe. Mais je fonge que vous m'allez
trouver bien effrontée, quand vous
vous fouviendrez que je fuis con-
venue que j'étois un peu Coquette.
Hélas ! Madame ; pardonnez-le-
moi, je ne fai pas bien ce que je fuis,
& qui fait fi je ne m'imagine pas
être Coquette pour ne pas m'appercevoir que je fuis tendre ?

LETTRE

LETTRE XXII.

Sur les Coquettes.

MADAME De,... m'a averti que vous deviez me gronder de mon Apologie des Coquettes. Grondez tant qu'il vous plaira. Il n'eſt, Chevalier, & je ne m'en dédis point, il n'eſt pour rendre heureux les hommes que les Coquettes. Voyez ce qui arriva à Renaud, ce fut pour avoir été trop aimé, qu'il perdit la belle Armide, qu'elle eût gardé pour lui une pincée de cette coquetterie qui avoit fait tant de ravage dans le camp de Godefroy ; Renaud étoit pour une éter-

M 2   nité

nité à son service , & les Cheva-
liers Danois en auroient été pour
leur voyage. N'eurent-ils pas en
vérité bien de l'honneur à l'emme-
ner dans l'état où il étoit ? Il n'est
encore une fois , il n'est pour rendre heureux les hommes que les
Coquettes. Ne me parlez point de
vos femmes tendres , les hommes
n'en sont point curieux , & ils ont
raison; elles sont trop unies , on est
toûjours dans le calme avec elles,
& le calme en amour est insupportable : il y faut absolument des orages , & ces orages qui préparent &
qui y font les beaux jours , hors les
Coquettes , où sont les femmes qui
s'entendent à les former? Ne croyez
pas néanmoins qu'une Coquette ,

à

à la prendre même dans son plus beau, ne me laissât si j'étois homme, quelque chose à desirer du côté du bonheur , & je conçois comme vous qu'il seroit bien plus doux de donner son cœur à quelqu'un qui ne mettroit ni art pour l'acquérir , ni étude pour le conserver ; d'aimer ce quelqu'un sans reserve, de l'aimer sans qu'il mît jamais rien du sien pour nous paroître aimable ; mais cet état de beatitude n'est pas fait pour durer. Il n'y a que les inquiétudes qui soûtiennent nos Amans , il faut absolument leur en donner ; savoir les leur donner à propos , & c'est en quoi consiste la grande habileté des Coquettes. Ce

fut

fut moins par fa beauté que pour
avoir poffédé un fi bel art , que
cette belle Reine d'Égypte fit perdre à Antoine l'Empire de l'Univers. Je ne vous la donne point ici
pour modele ; outre que l'Hiftoire
nous apprend qu'elle fut infidelle ,
elle fut encore plus coquette que
je n'aurois voulu : mais par le facrifice que lui fit fon Amant, jugez des plaifirs qu'elle lui donna.
Corrigez-vous donc , Chevalier ,
& laiffez-moi achever mon éloge
des Coquettes ; je ne vous demande que deux mots & les voici. Le
mouvement eft auffi néceffaire dans
l'empire d'Amour que dans l'U-
nivers , & ce mouvement qui, à lui
tout

tout seul fait notre bonheur , il
n'y a & prenez y garde , il n'y a
que les Coquettes qui s'entendent
à le bien donner.

LETTRE

LETTRE XXIII.

Sur les Coquettes.

VOus vous réduisez aujour-
d'hui à m'objecter le mépris
qu'on a pour les Coquettes ; mais
songez-vous, Chevalier, que c'est
me donner gain de cause : car vous
savez bien que ma Coquette telle
que je l'ai peinte dans ma Lettre
à Madame De... n'a point de mépris à craindre. Peut-être allez-
vous dire que vous n'êtes pas obligé de vous rendre à un portrait
fait à plaisir, qu'il n'y a point de
Coquette qui ressemble à celle
que j'ai peinte dans ma Lettre ;

par-

pardonnez - moi, Chevalier, il y a encore, même à Paris, d'honnêtes Coquettes, & je vous trouverai dans mon quartier une vingtaine de jolies femmes qui triomphent tous les jours d'une infinité de gens à qui elles n'ont pas songé un moment à plaire ; & quand telles que je vous les peins, elles se remercieroient du pouvoir de leurs charmes, quand elles en verroient l'effet avec un peu de complaisance ; pensez-vous qu'on eût pour cela des reproches à leur faire ? Les Papillons ont-ils quelque chose à dire à la chandelle qui les brûle ? Je dis donc que sans déroger à la qualité d'honnête femme, une jolie personne peut fort bien laisſer brûler tous ces benets de Soupirans qui lui ſont la cour ; c'eſt à eux, puiſqu'ils ont des yeux, à ſe garer, c'eſt à eux à ne pas s'approcher de ſi près, c'eſt à eux enfin à être raiſonnables. Bref, Chevalier, quand une Coquette ne ſe commet point, permis à elle de faire tant de conquêtes qu'elle pourra. Que ſielle ſe commet, elle mérite d'être punie, & j'ai eu, graces à Dieu, la ſatisfaction d'en voir plus d'une qui l'a été. Vous connoiſſez Saint-Gel, une de nos jolies femmes n'ayant rien à faire, s'occupa il y a quelque tems à vouloir lui tourner la tête. Saint-Gel qui n'eſt pas mal-adroit laiſſa faire à la Dame tous ſes tours, la

piqua

piqua tellement au jeu , lui fit voir
tant de pays,qu'effrayée du chemin
qu'elle avoit fait elle recula. La re-
culade , toute févere que je fuis,
me parut malhonnête. Quand une
femme a tant fait que de fe laiffer
mener jufqu'à un certain point , je
veux qu'elle aille jufques au bout
& qu'elle fe puniffe de fon imprudence. Il y a prefque de l'honneur
en pareil cas à en manquer. J'en
aurois bien encore à dire fi je voulois fur les Coquettes ; mais j'ai
pitié de vous, & en voilà de refte
pour vous confondre. Que fi vous
m'en parlez encore , je vous envoierai pour vous punir quelqu'une de celles qui s'entendent fi
bien à tourner les têtes. Ainfi foyez

fage

fage , & point de réplique. Et n'a-
vez - vous pas honte de parler fi
longtems de gens que vous n'aimez point , je veux dire des Coquettes ?

LETTRE

LETTRE XXIV.

A LA MESME.

C'EN eſt fait, Madame, votre couſine a pris l'habit. Je
ne ſai ſi le regret de voir enfermer
tant d'appas me la fit paroître plus
belle qu'à l'ordinaire. Je puis ſeu-
lement vous dire que tous les aſſiſ-
tans avoient les larmes aux yeux ;
& ce qui vous étonnera, c'eſt que
toutes tant que nous étions de
femmes, dont il y en avoit de ſort
jolies, nous étions preſqu'auſſi
affligées que les hommes. Il n'y
avoit que votre couſine qui faiſoit
bonne contenance ; elle alloit à

N 3   l'Autel

l'Autel d'un pas victorieux &
triomphant , & sa gaieté sembloit
insulter au monde qu'elle quittoit.
C'est trop pourtant que d'insulter
le monde quand on le quitte , on ne
l'insulte guere qu'il ne s'en venge ;
ce ne sera pas à la vérité dans ces
commencemens de ferveur que
Mademoiselle De... a à craindre sa
vengeance , il ne fait actuellement
que la méditer. Le goût que votre
cousine a pour la retraite est trop
vif pour qu'il songe à le combattre ;
mais quand il le verra refroidi ,
comptez qu'il se montrera à elle
avec tous ses charmes. Et quels
charmes , Madame ? Ceux de l'A-
mant le mieux fait ne font pas si
dangereux , parcequ'ils se laissent
appro-

approcher ; mais le monde ne fera
jamais vû qu'en perfpective par
votre coufine. Son imagination at-
tentive à l'embellir, ne fe laffera
jamais de lui, parcequ'il aura toûjours la prudence de fe tenir éloi-
gné d'elle. Je fuis fûre que fi on
laiffoit voir le monde à Mademoifelle De.... au premier befoin qui
lui en prendra, elle s'en lafferoit
bien vîte, & demanderoit à retourner dans fon Couvent, en s'écriant:
N'eft-ce que cela ? Mais on n'a pas
jugé à propos de laiffer aux filles la
confolation des rentrées & des forties ; on a cru fans doute qu'elles
en abuferoient. Il me femble pourtant que ce feroit un bon moyen
de réchauffer leur dévotion quoi-

N 4 que

que ce moyen-là pût tourner quelquefois au profit du vice. La bonne voie pour fe dégoûter des plaifirs n'eft pas à mon gré de s'en
abftenir. Pour en être bien dégoû-
té, il faut en avoir joüi & les bien
connoître ; auffi croirois-je qu'il
n'y a point de meilleures Reli-
gieufes que celles qui ne l'ont pas
toûjours été. Il fort à tout moment
du fond de l'ame un goût pour le
plaifir qui s'étend fur tout ce qui
paroît capable d'en procurer. Le
monde avec tous fes défauts paroît
encore ce qu'il y a de mieux pour
en donner, & il faut avoir furieu-
fement à fe plaindre de lui pour en
être bien détaché, encore eft t-on
tout étonné, qu'après bien des
mé-

mécontentemens de sa part , faute de trouver mieux , on est quelquefois forcé d'y revenir. Or figurez-vous l'effet que produit le monde sur une jeune personne , qui , ne l'ayant vû qu'à travers son imagination ne conçoit pas qu'on puisse avoir à s'en plaindre ? Comment saura-t-elle que c'est un traître , si elle n'en essaye ? Elle aura beau l'entendre dire , elle ne le voudra jamais croire , elle se persuadera qu'on veut la consoler ; & parcequ'elle le croira , elle en deviendra inconsolable. J'ai représenté tout cela à votre cousine ; mais les sentimens vifs n'écoutent rien. Si on les gardoit toûjours , je ne dirois mot, parce qu'il n'y a rien

de.

de meilleur: mais l'expérience nous apprend qu'ils nous quittent , & qu'ils ne brifent pas en s'en allant les fers qu'ils nous ont mis. Il eft vrai que Dieu peut, s'il le veut, rendre légere la chaîne de votre coufine : mais qui fait fi là Grace tiendra ferme dans fon cœur , & que deviendra-t-elle alors , en proie au monde qu'elle aimera toûjours , & ne verra jamais ?

LETTRE.

LETTRE XXV.

A LA MESME.

IL y a long-tems que je voulois que Monſieur de L… aimât, & vous me marquez qu'il aime ; cependant je n'aurai jamais la force de lui en faire compliment. Il aime, dites-vous, & mépriſe ce qu'il aime. Ah ! Madame, il vaudroit mille fois mieux pour lui qu'il n'aimât pas. Vous avez beau dire qu'il en aime mieux ce qu'il aime, parcequ'il le mépriſe. Vous avez beau le prouver, en diſant que les combats que la raiſon livre inutilement au cœur, le remuent & l'attachent

plus

plus fortement. Vos fubtilités ne
me touchent point : ce n'eft pas-là
aimer mieux , s'il vous plaît , c'eft
aimer plus fort ; c'eft être toûjours
déchiré , toûjours en guerre avec
foi-même. Et fi , Madame , de ces
vilains nœuds formés par le caprice , & ferrés par le mépris. L'indifférence avec tout fon ennui eft
préférable à un état fi violent ; &
en vérité , bien en prend aux femmes que les hommes foient fous ,
car il faut que je dife des fottifes
des hommes. Ces nigauds - là ne
favent bien aimer que qui les tour-
mente. Encore fi ce qui les tour-
mente mettoit un peu d'efprit à les
tourmenter. Mais non, avec la conduite la plus fotte du monde , on
les

les fait quelquefois aimer. Soyez
jolie, & faites enrager ces Meffieurs, vous allez les voir devenir
fous. Il eft vrai qu'ils vous mépri-
feront peut - être ; mais ils vous
adoreront, & il paroît que c'eft
à-peu-près-là tout ce que les femmes demandent. Pour moi, quoiqu'il y ait , à ce qu'on prétend ,
d'affez jolis profits attachés au mépris qu'on a pour les Coquettes , il
me femble que je ne voudrois point
être adorée comme elles. Je voudrois, fi je m'en mêlois, que mon
Amant fût mon ami. Je voudrois
que l'attachement de fon cœur
eût l'approbation de fa raifon ;
peut-être, à la vérité, en feroit-il
moins vif , parce qu'il en feroit
moins

moins tourmenté ; mais du moins
fa tendreffe en feroit-elle plus fûre ;
elle m'en feroit plus de plaifir , en
ce qu'elle me feroit honneur ;
enfin je ferois perfuadée qu'il
ne m'échapperoit jamais totale-
ment , & la qualité d'honnête-
homme qu'il trouveroit en moi ,
me le conferveroit quand les qualités de jolie femme auroient dif-
paru à fes yeux. J'oublie de vous
dire encore que je ne pourrois me
réfoudre à être méprifée , tout l'a-
mour du monde ne m'en confo-
leroit point ; j'aime mieux qu'on
m'aime moins , & qu'on m'eftime
davantage. Je me fouviens pourtant d'une femme fort raifonnable ; fon Amant avoit pris pour
une

une jolie femme , mais peu efti-
mable , un goût de paffage. La
Dame lui reprochoit de certaines
honnêtetés vives qu'il avoit pour
la petite Dame , & le Monfieur
s'en juftifioit , en l'affûrant que
quoiqu'il fût attaché à elle d'une
certaine maniere , il étoit pénétré
d'un fouverain mépris pour elle.
*Ah ! Monfieur , s'écria la Dame,
Méprifez-moi auffi , je vous prie.* Ne
fommes-nous pas de jolies perfonnes de tenir de pareils difcours?
C'étoit pourtant une femme fort
fage qui les tenoit. Adieu, Madame , nous avons beau faire les raifonnables , quand nous demandons
quelque chofe , on peut s'affûrer
que c'eft de l'amour ; & qui croi-
roit

roit nous avoir suffisamment payées
avec de l'estime , seroit bien attra-
pé ; il seroit obligé pour avoir quit-
tance de nous , de venir nous payer
avec de l'amour.

LETTRE

LETTRE XXVI.

A LA MESME.

LE Marquis De... Madame, est insupportable : il caresse toûjours sa femme devant le monde, il a toûjours quelque chose à lui dire, enfin vous diriez d'un Amant; & ce qui me désespere, c'est qu'il s'attire par-là un ridicule infini. En vérité le Public est bien incommode, on prend une femme pour la caresser tout à son aise, on se figure qu'il n'y trouvera point à redire; point du tout, le voilà de mauvaise humeur parce qu'on a du plaisir à sa barbe. Voudroit-il pas qu'on

O   cher-

cherchât l'ombre & le silence, &
qu'on se cachât de caresser sa femme comme d'une mauvaise action?
Mais aussi pourquoi le Marquis ne
caresse-t-il pas sa femme la nuit?
Qu'a-t-on affaire des caresses dé-
placées qu'il lui fait le jour? Et le
Public a-t-il tort de vouloir mettre
de la police dans les Mariages? Car
enfin c'est à lui à se plaindre quand
le cas le requiert, & ici il le peut.
*Caressez votre femme , dira-t-il au
Marquis, tête-à-tête, & les portes
bien fermées; mais ne faites point pa-
rade de votre tendresse; on ne vous
donne point une femme pour l'aimer,
& c'est manquer de respect à notre
égard, que d'étaler devant nous des
désirs qu'on vous a défendus lorsqu'on*

vous

vous les a ordonnés. Qu'un Amant fasse devant nous des minauderies à sa Maitresse , nous n'y trouvons point à redire ; nous faisons plus , nous lui prétons la main , parcequ'il est dans la regle : il aime , rien ne l'en doit empêcher , & il peut avec bienséance laisser éclater sa tendresse , & l'exprimer par des caresses : mais vous , en qualité de mari , vous avez mauvaise grace à aimer , & il est ridicule à vous de ne pas vous en cacher ; car le ridicule naît des manieres qu'on ne doit pas avoir , & qui sans faire tort , font pitié à ceux qui les voient. Voilà , Madame, les impertinens sophismes dont le Public se sert pour déshonorer la tendresse conjugale. Mais quand le Public raisonneroit mal , le Mar-

O 2   quis.

quis ne feroit pas juftifié ; il feroit toûjours vrai , qu'à qui feroit bien galant la nuit avec fa femme , il ne refteroit guere de quoi l'être le jour , & le Marquis fans doute veut bien qu'on ait mauvaife opinion des nuits qu'il paffe avec la fienne. A tout cela il ajoute une nouvelle matiere de ridicule , il eft jaloux , & affûrément il a grand tort de le paroître. Il faut toûjours faire bonne contenance quand on auroit peur ; c'eft fe montrer par un endroit foible , que de fe monuer jaloux , & les allarmes d'un mari apprêtent toûjours à rire à la malignité humaine. Cependant pourquoi rire des craintes d'un mari ? Eft - ce qu'elles

font

font mal fondées ? Non , Madame , un mari peut craindre ; mais
il me femble auffi que le Public
peut rire. Adieu.

LETTRE

LETTRE XXVII.

A LA MESME.

VOus êtes fâchée, Madame, de n'être pas à Paris, parce-qu'on y joue Armide. En vérité, l'Opéra vous donneroit le plus mauvais exemple du monde. Ar-mide a un air dévergondé qui ne fied pas même à une femme paf-fionnée, & je ne faurois deviner par quelle fatalité les caracteres de femmes, faits fur le modele d'Ar-mide, ont acquis fur le Théâtre un droit de plaire qu'ils ne fau-roient perdre. Voyez Angelique, elle n'a pas plus de pudeur qu'Ar-mide;

mide ; elle joue, au pauvre Roland, un tour qu'on ne pardonneroit pas à une vraie Guenippe , & je trouve que Roland ne fait pas trop mal de faire tapage , & de jetter les meubles par les fenêtres. C'eft fans doute pour entrer dans le goût de fon fiecle , que Thomas Corneille fait joüer à Ariane un rôle qui n'eft guere plus décent ; car enfin que ne fait-elle point pour retenir Théfée ? De quels reproches ne l'accable-t-elle point ? Et de quelle nature font ces reproches ? N'allez pas dire que lorfqu'une honnête femme a tant fait que de renoncer à fon devoir, elle doit être plus furieufe qu'une autre ; que les combats qu'elle a

essuyés,

essuyés avant que de se rendre, la
font devenir une fois plus sensible
à l'infidélité qu'on lui fait : qu'une
honnête femme enfin à qui il en a
coûté pour se laisser vaincre, veut
joüir de la peine qu'elle a eue à se
défendre, & que ne voulant pas
tous les jours recommencer les
frais d'une passion, il lui est permis
d'enrager lorsqu'elle en perd le
fruit. Je sais tout cela ; aussi ne
prétends-je pas ôter à une femme
qu'on a eu la cruauté d'abandonner, la permission de se plaindre ;
mais je veux qu'elle se plaigne tout
bas ; je veux que sa vanité étouffe
sa tendresse, qu'elle en ôte du moins
l'éclat. Enfin, je trouve infiniment
mauvais qu'une Maitresse, parcequ'elle

qu'elle eſt abandonnée, aille faire
à ſon Amant de ces reproches qui
marquent le beſoin qu'elle a encore de lui , & qui , ſelon le procédé du cœur humain ne ſervent
qu'à aſſûrer ſon infidélité. Vous
me demandiez il y a quelque tems
d'où venoit le peu de reſpect
qu'ont aujourd'hui pour nous les
hommes ; il vient , Madame , &
il n'y a point à en douter , il vient
de tous ces vilains portraits qu'on
fait de nous ſur les Théatres. Hé !
le moyen , je vous prie , que les
hommes à la vûe de nos foibleſſes
puiſſent nous reſpecter. Que veut
dire ce penchant furieux qu'on
nous donne à la tendreſſe , ce déſeſpoir de n'être plus aimées, cet

emportement où nous met le plaisir de l'être ? Tout cela, Madame, me met d'une humeur horrible contre les Poëtes, & je ne fai en vérité ce que je ne ferois pas pour me vanger de leur insolence ; mais pour vous dire le vrai, je ne laiſſe pas auſſi d'être un peu fâchée contre les femmes; car pourquoi auſſi dans nos folies ne ſommes-nous pas un peu plus ſages ? Qui nous empêche de mettre un certain air de dignité dans nos foibleſſes, qui, en ménageant notre honneur, ne prendroit preſque rien ſur nos plaiſirs ? Cet air-là ſeroit foi qu'il nous en a coûté pour nous rendre, & les hommes ſeroient aſſez heureux & peut-être aſſez ſots pour le croire.   LET.

LETTRE XXVIII.

A LA MESME.

VOTRE Cousin, Madame, est un petit Philosophe bien avancé pour son âge : il est libertin par goût & par système. Je le fis venir ces jours passés chez moi pour le prêcher, comme vous m'en aviez priée ; je lui fis sentir d'abord, mais non point en Pédante, qu'il étoit honteux à lui de vivre avec une petite personne décriée ; qu'étant beau & bien fait, comme il étoit, il y auroit mille femmes raisonnables qui écouteroient vo_lontiers ses soupirs: qu'enfin à chan-

P 2   ger

ger de goût, il y avoit pour lui de
l'argent à gagner, en ce qu'il n'en
dépenseroit point ; de la tendresse,
en ce qu'on en auroit pour lui une
plus pure & plus vive; de l'honneur
auprès du Public, qui ne donnoit
point son aprobation à des attachemens pareils à celui qu'il avoit.
Enfin je lui dis tout ce que je crus
capable de le convertir. Représen-
tez-vous, Madame, le flegme dont
Cinna écoute la Scene d'Auguste:
votre cousin employa précisément
le même à m'entendre. *Je vous suis
obligé, Madame, me dit-il, de vos
conseils. & il n'y a rien au monde que
je ne fisse pour les suivre ; mais si
Mademoiselle De * * *. est nécessaire
à mon bonheur ; pourquoi avoir la
cruauté*

cruauté de vouloir que je la quitte ?
Je veux bien avoüer, qu'il eût été
plus décent de me livrer à un goût plus
honnête ; mais comme il n'a pas été à
mon choix de le prendre, sera - t - il
bien en mon pouvoir de m'en défaire ?
Et croyez-vous que ce triomphe auquel
vous m'invitez, ne me coûtera rien ?
La petite personne que j'aime, dites-
vous, ne m'aime guere ; tant mieux,
Madame : Hélas ! si elle m'aimoit
davantage, je prévois que je cesserois
bien-tôt de l'aimer. Songez que je suis
actuellement dans la plus jolie situation du monde ; j'aime, & je n'aime
point trop, je sens même que je cours
risque d'aimer long-tems ; Mademoiselle De... ne me fait presque point
de reproches, ou me les fait légers : sa

ten-

tendreſſe n'eſt point aſſez vive pour la
jetter dans ces mélancolies qui font
tant d'honneur, & quelquefois ſi peu de
plaiſir à celui qui les cauſe. J'eſpere
même qu'elle ne connoîtra jamais ces
ſortes de langueurs ; parceque je me
flate qu'elle ne m'aimera jamais aſſez.
Croyez-vous que je trouvaſſe tous ces
agrémens-là avec une femme raiſonnable ? Non, Madame ; car ſi je n'étois
pas né pour lui plaire, & que je l'euſſe
entrepris, je deviendrois le plus malheureux des hommes ; ou ſi cette femme raiſonnable que vous me conſeillez
tant, forcée par ma tendreſſe, ſe rendoit à mes déſirs, ſon cœur qui n'auroit point encore fait uſage de lui-
même en feroit trop, & feroit tomber
le mien dans cet ennui que je crains.

mor-

mortellement & dont je ne me tirerois
pas quand je voudrois. Attaché par
l'honneur, quand je ne le serois plus
par le plaisir, j'aurois la malheureuse
force d'entendre continuellement des reproches que je n'aurois point mérités,
& qu'il me faudroit pourtant entendre. Je n'ai point, comme je vous ai
déjà dit, de pareils inconvéniens à
craindre avec Mademoiselle De.
Il est vrai que sa conquête n'élève pas
ma vanité au faîte de la gloire, je
n'ai pas eu de peine à surprendre un
cœur qui cherchoit lui-même à se rendre; aussi ne me suis-je point laissé
aller à ces plaisirs touchans que se donne volontiers & quelquefois si mal-à-
propos l'orgueil, lorsqu'il triomphe
d'une vertu qui lui a paru sauvage;

P 4   mais

mais aussi ne suis-je point exposé à
ces chûtes terribles, dont est continuellement menacé un *Amant* qui se voit
au comble de la felicité, & qui est
tous les jours à la veille d'en tomber.
J'aime, mais j'aime à mon aise : je
me crois aimé, parceque j'aime à le
croire ; & quand je verrois évidem-
ment que je ne le suis point, il me semble que je ne m'en désespererois pas.
Au reste, ces petits plaisirs que me per-
met un amour tranquile ; ne me font
point regretter ces secousses violentes,
que causent les grandes passions. A
tant aimer, un cœur outre ses forces ;
& quand il a fait de si grands excès,
il lui faut trop de tems pour se remettre : le mien, grace à Dieu, a
pris une allûre plus sage, & j'espere
qu'au

qu'au fortir des mains de Mademoifelle De . . . ., il pourra recommencer
une nouvelle courfe. Avec cela je vous
dirai, duffai-je paffer pour libertin,
qu'il me femble que tant de vertu en-
nuie. Je n'ai pas dequoi répondre à
une femme qui aimeroit avec une fi
grande délicateffe, je fuis sûr qu'elle
m'ennuieroit, & je crois que je le lui
rendrois bien. Ce n'eft pas que je n'aime la vertu; mais je veux qu'elle foit
pliable & gaie, & pour cela il faut
qu'elle s'oublie quelquefois, & qu'elle
fe laiffe affaifonner d'un peu de vice;car
c'eft le vice qui lui donne de la pointe.
Quand votre Coufin eût achevé fa
réponfe, il me quitta, & me remercia poliment des remontrances
que je lui avois faites. Je le trouvai

vai ce jour là le plus joli du monde ; il eſt beau , bien fait , & a des
graces : ſa Philoſophie libertine
ſoûtenue de tout l'eſprit qu'il a ,
me réjoüit infiniment, & ne me fit
pas trop craindre pour ſes mœurs.
Qu'aurois-je à craindre, Madame?
Sa Philoſophie changera un jour ;
ſes paſſions lui en compoſeront
une autre toute différente de celle
qu'il a aujourd'hui ; & la premiere
femme raiſonnable qu'il aimera ,
il ne concevra pas comment il a
pû aimer une petite Coquette. Au
reſte , n'allez pas croire que je regarde la raiſon comme une eſpece
de giroüette qui tourne au gré des
paſſions : je n'ai garde de penſer
cela ; mais il eſt ſûr qu'à meſure
que

que lés paſſions changent , elles
renouvellent notre Philoſophie , &
nous la font quelquefois auſſi bien
raiſonnée que la raiſon elle-même
pourroît la faire.

LETTRE XXIX.

A LA MESME.

JE ne fai comment vous faites, Madame, on eſt toûjours inſ- truit, quand on a le bonheur de vous entendre : cependant on ne voit que des graces , & cela ne s'appelle point être raiſonneuſe ; mais pour votre Amie Madame de G***, défendez-lui de ma part de raiſonner, cela ne lui ſied point. Mon Dieu ! elle eſt ſi jolie, que ne ſe contente-t-elle de l'être ? Pourquoi devenir Pédante ? Que ne gardoit-elle ſon eſprit tel qu'il étoit ? Il ne lui alloit pas mal. Qu'a- voit-

voit-elle befoin d'y mettre un fard
qui l'a gâté ? Sérieufement c'eft
une coquetterie bien mal entendue
que celle qui fait les Pédantes , &
je trouve que Saint-R... a bien raifon de dire qu'il y a plus de profit
& moins de fatigue à être naturelle ; car je fuis fûre qu'il en a coûté à Madame De... pour devenir
moins aimable. N'êtes-vous pas
défefpérée quelquefois de la voir
fuivre un raifonnement dans les
derniers retranchemens de la Logique ? Il femble qu'elle aille toûjours foûtenir Thefe ; il ne lui manque qu'un bonnet quarré , & certainement je le lui apporterai. Voulez-vous que je vous le dife, j'aime
cent fois mieux une fotte qu'une
pa-

pareille raisonneufe , & je gage
que les hommes font de mon avis :
ils ne viennent point chez nous
comme chez des Docteurs , & ce
n'eft point pour être inftruits qu'ils
nous cajollent. Ils nous apportent
leur cœur à remuer ; remuons-le ,
puifque c'eft notre métier : égayons
encore leur imagination fi nous
pouvons , ils le veulent bien ; mais
pour ce qui regarde leur efprit , ne
nous en mêlons point , ils ne font
point friands des plaifirs qui leur
viennent de ce côté-là. On dit
qu'heureufement le Chevalier S...
a entrepris de convertir Madame
De... & il s'eft avifé pour cela d'un
moyen qui me paroît fort bon , &
qui lui réuffira ; il veut s'en faire
aimer,

aimer ; Dieu le veuille, l'amour
est un vice de meilleur commerce
que celui qu'elle a actuellement ;
& entre nous, vice pour vice, je
l'aimerois mieux. Je ne sai même
si un Casuiste rigoureux ne pense-
roit pas comme moi ; car enfin on
se corrige de l'amour, mais on ne
se lasse jamais d'être précieuse :
c'est une passion aussi ennuyeuse
que j'en connoisse, & cependant
comme elle est nourrie par l'orgueil, elle a le malheureux talent
de ne finir jamais. Saint-Jel... qui
est à côté de moi & qui lit ma
Lettre, dit que ce talent-là sie-
roit mieux à l'Amour : Saint-Jel...
est un sot : le mal de l'Amour n'est
pas de finir : son tort est de ne point
recommencer. Adieu.   LET-

LETTRE XXX.

A LA MESME.

JE m'y connois, Madame, Monsieur De... & Madame M...
s'aiment ; & parcequ'ils le soupçonnent si peu qu'ils le disent hautement, ne vous avisez pas de croire qu'ils n'ont que de l'amitié l'un pour l'autre. Monsieur De... est aimable, Madame M... est jeune & belle ; c'est trop pour l'amitié, & cela sent furieusement l'amour. Si Monsieur De... & Madame M... se connoissoient depuis cinq ou six ans, je concevrois qu'il pourroit y avoir de l'amitié entr'eux ; ils auroient

roient commencé par l'amour, car
on commence ordinairement par
ce qu'il y a de meilleur ; ensuite ils
auroient rabattu fur l'amitié : entre honnêtes-gens cela fe peut à
la rigueur paffer comme cela : mais
ils fe connoiffent depuis trois mois,
ils ne voient régulierement qu'eux;
avec cela ils ont un cœur, & vous
ne voulez pas qu'ils aient de l'a-
mour ? En vérité vous n'y penfez
pas,& vous connoiffez mal les femmes ; nous ne fommes point affez
fottes pour prendre de l'amitié,
quand nous pouvons prendre de
l'amour. Mettez-vous donc dans la
tête que Monfieur De... & Madame M... ont de l'amour l'un
pour l'autre, & peut-être du meil-

Tome II.   Q   leur

leur qui foit ; mais ils pourront bien
fe trouver un beau matin à l'amitié où vous dites qu'ils font déjà
Je me trompe, il n'y en aura qu'un
qui y viendra, & ne croyez pas
que je me donne ici des airs de
Prophete, je fuis fi fûre de ce que
je vous dis, que je vais, fi vous
voulez, vous apprendre le progrès
& le détail de leurs amours, comme fi l'avenir de leur paffion m'a-
voit été révélé. Je vous ai déjà dit
que Mônfieur De.... & Madame
M.... s'aimoient ; mais qu'ils ne le
favoient pas bien encore. Cette vérité attend à fe manifefter à eux,
que l'amour foit bien maître de
leur cœur, & qu'il n'ait plus rien
à craindre de leur raifon. Qu'ils feront

ront heureux alors ? Que de regrets de ne s'être pas dit plutôt
qu'ils s'aimoient ? Que de fermens
de s'aimer toûjours ; mais le beau
tems ne fauroit toûjours durer.
L'ennui viendra bientôt faifir l'un
de nos Amans, l'habitude d'être
aimé le dégoûtera du plaifir de l'ê-
tre ; la langueur fe fera jour dans
fon ame, & à force de miner, fon
amour réuffira à la fin à l'étouffer.
N'allez pas croire pour cela que
notre infidele aille jufqu'à l'indifférence, l'amitié prendra la place
de l'amour, & l'Amant deviendra
ami. Mais ce ne fera pas le compte
de celui qui reftera Amant ; par
malheur pour celui-là , quand la
paffion de l'autre fera en allée , la

sienne deviendra plus vive , car c'est la Nature d'une passion mécontente d'en devenir plus folle ; & alors qu'arrivera-t-il ? Le nouvel ami sera fort ennuyé des plaintes de l'Amant, l'Amant à son tour sera désespéré du peu de chaleur de l'ami ; adieu alors les plaisirs , il ne sera plus question de ces doux momens , plus de ces transports mutuels qui les avoient tant charmés, on baillera d'un côté , l'on enragera de l'autre ; & comme malheureusement pour eux ils seront arrêtés par la chaîne des bons procédés , ils auront la force de soûtenir , eux & leur mauvaise humeur , sans avoir le courage de se congédier. Il y auroit une fortune

à

à espérer pour eux, ce seroit que leur tendresse s'affoiblit dans le même tems, & par degré égal. Alors l'amitié paroîtroit de part & d'autre avec éclat, & sans opposition du côté de l'amour ; mais ce cas-là est trop heureux, & je ne suis pas trop sûre qu'il soit possible. C'est assez vous ennuyer, Madame, & je finis, en vous assûrant bien qu'on ne commence point par l'amitié, elle est trop fade, on va de plein saut à l'amour ; & quand on a sauté l'amitié pour aller à l'amour, l'amour qui est vif, laisse rarement revenir à l'amitié qui a le malheur d'être froide.

LETTRE

LETTRE XXXI.

A LA MESME.

SAINT-FAL... étoit enragé d'être aimé de sa femme ; mais enfin les choses ont pris un arrangement tel qu'il le souhaitoit. Il est arrivé à la Dame un grand cousin, beau & bien fait, qui, honteux de voir sa cousine aimer trop son mari, a entrepris de la corriger. Vous croyez peut-être qu'il a fait le douloureux ? Non, Madame, il s'y est mieux pris qu'on auroit espéré d'un Provincial. Il a commencé par plaindre la Dame de la tendresse qu'elle avoit pour son mari ;

&

& je vous laisse à juger de la reconnoissance qu'elle devoit en avoir, & combien elle devoit être obligée à un homme, qui, sans parler de récompense, avoit la patience de pleurer les rigueurs que son mari avoit pour elle. Enfin le cousin a si bien partagé les peines de la Dame, qu'elles sont finies, & Saint-Fal... par conséquent oublié. On dit que la Dame a été touchée du désintéressement du cousin, & on prétend qu'il a été mieux payé de ses peines que s'il en avoit exigé la récompense. Je ne vous dirai pas comment le mari a été instruit de la générosité de sa femme ; mais enfin il l'a été, & il est maintenant comme un possédé, parcequ'on ne

l'aime

l'aime plus. La petite femme dit
tout haut que c'eſt ſa faute, &
qu'elle a eu une ſorte de plaiſir
d'apprendre à ſon mari à ne pas ſe
plaindre de ce qu'on l'aimoit trop.
En vérité le pauvre homme eſt
dans une confuſion qui me fait pitié : il n'oſe ſe plaindre à perſonne,
parcequ'il ſent effectivement qu'il
eſt dans ſon tort, & qu'on peut
avec bienſéance ſe moquer de lui.
Il n'a pas même eu la force de
gronder ſa femme ; & après tout,
que pouvoit-il lui dire ? Elle n'a
ceſſé de l'aimer que par ſon ordre,
& a été même du tems à lui obéir.
Mais n'admirez-vous pas la biſarrerie du cœur des hommes ? Saint-
Fal... étoit aimé à la rage, & il
étoit

étoit au défefpoir de l'être : on cesse de l'aimer, & l'on en aime un autre, le voilà aussi-tôt qui devient amoureux. Je ne jurerois pas que si l'on recommençoit à l'aimer, il ne se vît aussi-tôt replongé dans l'indifférence. Il femble qu'il y ait un Démon malicieux qui toûjours à l'affut de nos cœurs, attende l'inftant qu'ils changent, pour nous donner les fentimens qu'il ne feroit pas à propos que nous euffions pour notre bonheur. Par exemple, Saint-Fal... & fa femme font faits pour s'aimer, puifqu'ils s'aiment toûjours ; le malheur eft qu'ils s'aiment l'un après l'autre : ils n'ont jamais l'adreffe de fe rencontrer ; cela n'eft-il pas bien malheureux ?

R Affû-

Aſſûrément Saint-Fal... eſt à plaindre : il avoit en apparence tout ce
qu'il falloit pour être aimé long-
tems de ſa femme, il ne l'aimoit
point ; malgré tout cela pourtant
on en aime un autre. A quoi donc
avoir recours, je vous prie ? Et eſt-
ce une néceſſité d'avoir à eſſuyer
une infidélité de ſa femme ?

LETTRE

LETTRE XXXII.

A LA MESME.

J'ESTIME les passions, & je leur pardonne ordinairement les petits tours qu'elles nous jouent : mais je vous avoue que je ne leur pardonnerois jamais si elles me faisoient faire la sottise de me marier. Quoi ! moi, j'irois donner à un homme une autorité que je n'ai pas sur moi-même ? Non, Madame, le droit que j'ai sur moi est un droit que je ne saurois aliéner, parcequ'il n'est pas bien à moi. Nous appartenons au hasard, aux caprices, aux circonstances, à tout ce

R 2   qui

qui fait impreſſion ſur nous, & nous avons pourtant l'inſolence de diſpoſer de nous ; nous nous donnons à d'autres , quand nous ne ſommes pas à nous-mêmes. Ne dites pas que je fais trop la raiſonneuſe , on ne ſauroit l'être trop quand il s'agit de ſon bonheur. Ne me dites point encore que vous me conſeillez le mariage , parceque vous en avez été contente. J'ai vû je ne ſai combien de gens qui ont fait des folies , & qui s'en ſont bien trouvés, & cependant je n'en ſuis pas plus hardie à les faire. Encore ſi le mariage étoit une folie comme l'amour , je le haſarderois plus volontiers ; le pis aller eſt d'être quitté ; mais c'eſt ce pis aller de l'amour

qui

qui manque au mariage, & qui en
fait une chofe terrible. Mon Dieu !
comment peut-on s'engager à être
toûjours fidele ? Je le pardonnerois
à une Maîtreffe ; elle le dit, parcequ'elle le croit bonnement ; enfin
elle ne trompe fon Amant que
parcequ'elle eft trompée. Mais
comment dans le mariage, qui eft
ordinairement une affaire de raifon, où les paffions, excepté l'intérêt, font le plus fouvent dans le
filence ; comment enfin dans un
engagement qui a l'air auffi ref-
pectable que le mariage, aller de
fang froid difpofer de fes defirs,
& promettre qu'on n'en aura que
pour un homme, qui fouvent n'en
infpire point ? Songez encore qu'il

R 3   faut

faut toûjours vivre avec cet homme, ne voir pour ainſi dire que lui, & l'aimer pourtant ſi l'on veut être heureuſe. Fi, Madame, ſe marier c'eſt multiplier les guerres ſans néceſſité ; nous en avons déjà aſſez avec nous-mêmes. Moi, par exemple, qui ſans égard pour moi me querelle cent fois le jour, croyez-vous que j'aurois pour mon mari les complaiſances que je n'ai pas pour moi ? Car enfin on a beau être aimable, quand on eſt deux, on ne ſe le trouve pas toûjours, & le mariage ne cache pas les défauts comme l'amour ; il me ſemble même qu'il a tout ce qu'il faut pour les mettre au jour ; l'amour l'entend bien mieux ; il communique

à ceux dont il s'est rendu maître,
la folie qui lui est naturelle, & les
fous de la même espece, comme
font les Amans, se passent presque
tout. Le mariage qui est plus sage,
ne passe presque rien, & voilà ce
qui fait qu'on s'y trouve insupportable. Encore un grand défaut du
mariage, c'est que quand l'amour
qui n'est point fait pour s'y trouver, ne s'y trouve point, l'aver-
sion prend assez souvent sa place;
car d'homme à femme on se demande de l'amour; & quand on ne s'en
donne point, on se donne de l'ennui, & cet ennui donné fréquem-
ment engendre la haine. Pourquoi
aussi ne pas se permettre d'aller
prendre ailleurs de l'amour? Cela

ne feroit-il pas plus raisonnable ?
On se donneroit ce qu'on pourroit,
& l'on s'envoyeroit honnêtement
chercher le reste. Il me semble que
ces sortes de politesses jetteroient
de la douceur dans le ménage ; &
l'on ne s'y haïroit point, parcequ'on ne s'obligeroit point à s'aimer.

LETTRE

LETTRE XXXIII.

A MADAME...

PERMETTEZ-MOI de vous gronder, Madame : Lall.. eft de mes amis, & vous dites qu'il eft des vôtres; cependant il vous aime, & vous avez la cruauté de le fouffrir. Pourquoi, je vous prie, ne l'avez-vous point mis à la porte dès l'inflant que vous vous êtes apperçue qu'il vous aimoit ? C'eût été là avoir de l'amitié pour lui ; mais il falloit à votre vanité qu'il vous aimât, & vous vous êtes crue à l'abri de tout reproche, parceque vous ne l'agaciez point. Vraiement,

ment , Madame , vous n'aviez que
faire de l'agacer, son feu brûle affez
de lui - même ; mais fongez - vous
que c'eſt allumer ce feu que de ne
pas prendre toutes les meſures ima-
ginables pour l'éteindre ? Ces manieres délicates d'être coquette ,
n'empêchent pas que vous ne le
foyïez , elles vous rendent feulement un peu plus dangereufe ; car
enfin à cela près que vous ne dites
point à Lal...que vous l'aimez, vous
avez prefque toutes les manieres
d'une femme qui aimé. Vous fouf-
frez régulierement fes viſites, vous
le traitez avec diſtinction, vous l'é-
coutez avec plaifir ; tout le monde
prendra votre procedé pour de l'a-
mour, & fur tout un Amant qui n'eſt

pas

pas obligé de voir les chofes fi nettement qu'un autre, & qui a droit
de croire ce qui lui fait plaifir. J'appris ces jours paffés que votre indifférence l'avoit rendu malade,
& que vous aviez eu la charité ma-
licieufe de luï aller rendre des
foins. Je gage que votre coquetterie fut charmée de s'exercer fous le
nom de pitié, & fans que votre
honneur pût y trouver à redire. Ce
fut pour vous un fpectacle bien
doux que Lal... au lit, & au lit de
votre façon. Vous fentîtes avec volupté tout l'effet de vos charmes,
& je fuis fûre que votre vertu s'a-
plaudit ce jour-là des rigueurs que
vous aviez eues pour lui, comme fi
ces rigueurs - là vous avoient bien
coûté.

coûté. Mon Dieu, Madame, il n'y a pas là tant de quoi vous remercier, rien n'eſt plus facile que de refuſer à l'amitié ce qui n'eſt dû qu'à l'amour ; car vous n'avez que de l'amitié pour Lal..., encore que ſait-on ſi cette amitié n'eſt pas une eſpece de reconnoiſſance des plaiſirs qu'il donne à votre vanité que flate journellement ſa foibleſſe ? Je vous avertis, Madame, que je dirai naïvement tout cela à Lal... : je n'aime point qu'on ſe réjoüiſſe à le tourmenter ; car après tout que voulez-vous faire de lui ? Vous ne l'aimerez jamais. Le cœur n'eſt pas ſi long-tems à prendre ſon parti quand il a à le prendre, & Lal... ſeroit déjà aimé s'il avoit eu à l'être,

tre. Exercez , si vous voulez, votre noirceur sur ces Fats qui ne veulent qu'être aimés, & qui se croient sûrs de l'être : mais un honnête garçon vient par malheur se brûler à la chandelle , au-lieu de la retirer , vous l'approchez encore de plus près pour qu'il se brûle mieux. Franchement , Madame , il y a de l'inhumanité dans ce procédé , & je pardonnerois plutôt un peu de foiblesse à votre vertu , que tant de malice à votre vanité.

LETTRE

LETTRE XXXIV.

A MADAME DE LA S...

LAISSEZ-MOI une pauvre peti-te paſſion pour mes menus-plaiſirs, je ne ſaurois être dévote; j'en ſuis bien fâchée : il m'eſt im-poſſible auſſi d'être coquette. En-core faut-il que je ſois quelque choſe, & ſi je n'étois pas joüeuſe, que me reſteroit-il à être ? Ce que vous voudriez que je fiſſe, je vous déclare tout net que je ne le ſaurois faire ; vous voudriez que j'aimaſſe. Ah ! Madame, j'aimerois trop ſi je m'en mêlois, & je ſens que je mourrois du malheur de voir é-

chap-

ehapper, ce que j'aimerois. Il eſt vrai
que l'argent que j'aime auſſi à ſa
façon , m'échappe quelquefois ;
mais celui qui revient me conſole
de celui qui s'eſt en allé. Il n'en eſt
pas de même des Amans , quand
ils nous ont une fois quittées, c'eſt
pour toûjours , on ne les revoit jamais. Mais, dites-vous , ce mouvement délicieux que donne l'amour,
le jeu ne le donne pas. Qui vous l'a
dit Madame ? Et l'amour n'a-t-il
rien qui le gâte ? Il a , par exemple,
un défaut qui fait que je ne voudrois pas de lui pour tous les biens
du monde , c'eſt celui de ne pouvoir tenir contre le bonheur, & de
mourir quand il eſt ſatisfait. Un
Joüeur n'a pas ce défaut-là : devenu

nu heureux, il n'en est que plus animé à le devenir encore ; il n'a pas, comme l'Amant, le malheur d'avoir un but qu'il attrappe : le jeu en lui accordant des faveurs, lui en laisse toûjours espérer de plus grandes ; & toûjours agité, même par le bonheur, il a l'agrément de ne le voir jamais finir. Franchement, c'est une jolie passion que celle qui ne laisse point de vuide au cœur ; car pour moi je n'aime point les intervalles dans les folies, & il arrive à l'amour d'en laisser souvent dans les siennes. N'a-t-il pas quelquefois la malice de nous accoûtumer à lui ? Ensuite de quoi il nous laisse tout d'un coup là. Je vous avoue que j'aurois de la peine

à

à foûtenir une pareille chute: j'aime mieux ne me pas élever fi haut. Les plaiſirs médiocres ont cela de bon, qu'on les perd ſans beaucoup de regret ; avec cela , comme ils ne valent guere, ils ne laiſſent dans l'ame que le ſouvenir de ce qu'ils valent, & ce ſouvenir-là n'eſt pas capable de faire tort aux plaiſirs qui ſe préſentent. Mais quand on a tâté de l'amour, comme il n'y a rien de fi bon dans le monde, on rejette tout ce qui n'eſt pas lui, on meurt, pour ainſi dire, de ſaim auprès des autres plaiſirs , dont on ne goûte plus que par beſoin & ſans appétit. Ainſi vive le jeu ; & quant à l'horreur qu'il vous inſpire , parce que, ſelon Vous, il tient à l'ava-

rice, que vous importe, Madame ?
L'amour ne doit-il pas une moitié
de ce qu'il est à la vanité & l'autre
à l'intérêt ? Cependant l'amour en
est-il moins confidéré ? Et en vérité
ferions-nous fages de nous embar-
raffer à quoi tient ce qui nous donné du plaifir ? Pour moi je n'y entens point de finesse ; je joue, parceque le jeu m'amufe ; & ne dois-je
pas avoir bien de l'obligation à une
paffion honnête, de vouloir bien
me fauver d'une autre qui ne l'est
quelquefois pas trop ? Qui fait
après tout fi ce n'est pas là la feule
maniere d'être raifonnable ? Laiffez-moi donc joüer, Madame ; car
encore une fois il faut faire quelque
chofe en ce monde-ci ; & ce quel-

que

que chose-là, il faut que les paſſions nous le faſſent faire. Il ſeroit
à la vérité plus beau d'attendre
pour agir, que la raiſon l'ordonnât;
mais on auroit l'air d'attendre long-
tems , parcequ'elle ſeroit long-
tems à décider, & que peut - être
elle ne décideroit point. Les paſſions font mieux , elles ſe diſpen-
ſent de l'examen , nous agiſſons , &
alors la raiſon fait ſon métier , &
nous contrôle. Qu'y faire que de la
laiſſer dire , & d'agir toûjours , car
le tems preſſe.

S 2   LETTRE

LETTRE XXXV.

A LA MESME.

JE ne fai fi le Chevalier Saint-
R... avoit épuifé l'honneur de
fon quartier, ou fi ce qui y reftoit
de femmes vertueufes ne vouloit
plus préter l'oreille à fes fleurettes;
enfin las de fes conquêtes, ou piqué de n'en plus faire, il s'eft venu
refugier dans mon voifinage. Sa
réputation d'aimable l'y a fuivi : la
victoire qui le précéde dans tous
les combats, a paru, pour ainfi dire, le mener par la main pour punir notre orgueil, & tout le quartier en a tremblé. Une feule s'eft
fauvée

fauvée de la confternation générale. Les conquêtes du Chevalier n'ont point allarmé la vanité de Madame de P... : charmante comme elle eft, elle n'a point cru devoir trembler à la vûe d'un homme, parcequ'il étoit aimable, & elle s'eft dit-on, bien promife d'en avoir raifon. Ce qu'il y a de fingulier, c'eft que le Chevalier s'eft promis la même chofe, & en vérité il me paroît bien difpofé à réuffir. Il eft pénétré de la difficulté de fa conquête, & pas trop des charmes de la Dame ; fa vanité n'eft point trop vive, & ne l'affûre point de la victoire, elle ne lui fert qu'à lui faire prendre les moyens pour y arriver : ce qui me plaît furtout en lui

lui, c'est une certaine gaieté froide qu'il a devant la Dame, & qui est faite pour la désoler. Insensible aux agaceries qu'on lui fait, il semble qu'il n'ait pas l'esprit de les appercevoir, & dans ce même tems il dit les plus jolies choses du monde. Enfin jusqu'ici il n'a eu que ce qu'il falloit pour plaire, & par bonheur il n'a encore paru qu'aimable. La Dame de son côté ne joue guere moins bien son personnage ; plus vive & plus spirituelle devant le Chevalier que devant un autre, & paroissant tout cela sans faire effort pour le paroître, elle n'a avec lui qu'une politesse badine qui fait foi qu'elle connoît ses forces. Elle prend pourtant quelquefois

une

une certaine contenance molle &
voluptueuse, qui sans faire distinc-
tement penser mal de sa vertu, ne la
laisse pas croire entierement inac-
cessible. Cet air - là annonce au-
moins qu'on a un cœur ; & quand
il est par bonheur assaisonné de graces, il fait mieux son effet que la
beauté. Cependant rien dans le
Chevalier ne m'a paru ébranlé jusqu'ici par les façons de Madame de
P..., & elle pourroit bien être la
dupe de son habileté. On dit déjà
qu'elle est quelquefois de mauvaise
humeur, & souvent à propos de
rien. Cela sent furieusement sa
femme piquée. Aussi pourquoi fait-
elle tant la résolue ? Que ne laisse-
t-elle le Chevalier en repos ? Il n'y

a

a point de prudence à se battre
quand on ne veut point être battu.
Je ris quand je songe qu'elle le sera,
& qu'elle a l'orgueil de ne s'en pas
seulement douter. Elle croit actuellement n'avoir mis que sa vanité
au jeu ; mais je suis bien trompée si
elle n'y a déjà mis son cœur. Si
cela est, elle ne le retirera pas quand
elle voudra. Ces femmes-là qui
ont de la peine à aimer, aiment
quatre fois plus que d'autres quand
elles s'y mettent. Adieu, Madame:
l'Amour se devoit ces deux rebel-
les, & il ne pouvoit guere les attrapper que l'un par l'autre.

LETTRE

LETTRE XXXVI.

A MADAME D....

IL n'eſt pas que vous ne ſachiez, Madame, le mariage du Marquis de... mais vous en ignorez une circonſtance particuliere. Quelques jours avant qu'on eût publié ſes bancs, cinq ou ſix de ſes amis vinrent chez lui en cortége, & cela pour lui faire entendre le plus délicatement qu'il leur ſeroit poſſible, que la conduite de Mademoiſelle de... n'avoit pas été abſolument réguliere. » Je vous entens, » Meſſieurs, leur dit-il, perſonne

» n'eſt mieux inſtruit que moi de
» la conduite de Mademoiſelle de..
» J'ai été ami d'un tel & d'un tel,
» qui ont eu l'honneur de ſes bon-
» nes graces: j'ai été leur confident
» à tous les deux, & c'eſt ſur le bien
» qu'ils m'en ont dit, que je prens
» le parti de l'épouſer. Ce qui vous
» étonnera, c'eſt que ce ne ſont ni
» ſes graces, ni ſa beauté qui m'ont
» ſéduit. Si elle n'étoit que belle,
» je me bornerois à l'aimer : mais
» je l'épouſe, parce que je compte
» qu'elle ſera fort raiſonnable. Elle a
» trop bien appris à connoître les
» hommes pour être jamais leur
» dupe ; elle a été trop bien atta-
» quée pour n'avoir pas appris à ſe
» défendre ; & remarquez que par-
» là

» là je me donne l'agrément de
» posséder une jolie personne, sans
» être, du moins autant que vous
» autres, en danger de la perdre.
» Car, permettez-moi de vous le
» dire, vous êtes furieusement har-
» dis dans vos mariages : on vous
» donne, & il n'y a pas ordinaire-
» ment d'autre maniere de vous
» marier, on vous donne une fille
» qu'on tire pour vous, ou du Cou-
» vent ou de dessous l'aile de sa
» mere : vous vous mettez au plus
» vîte à la dresser aux belles ma-
» nieres, vous façonnez son esprit ;
» rien par vous n'est oublié de ce
» qui peut la rendre aimable. L'est-
» elle devenue, on la séduit, &
» vous avez travaillé pour des in-

T 2   » grats,

» grats, qui, au lieu de vous re-
» mercier des soins que vous avez
»pris pour eux,ont la malhonnêteté
» de vous accabler d'un million de
» plaisanteries qui vous désolent.
» Vos malheurs, Messieurs, m'ont
» rendu sage.Instruit d'ailleurs par
» l'expérience, qu'il y a un tribut
» de folie que nous devons tous à la
» Nature,& qu'elle ne se fait payer
» ordinairement qu'avec trop d'é-
» xactitude, j'ai crû qu'avant de
» prendre Mademoiselle de....
» pour ma femme, il seroit pru-
» dent à moi d'attendre qu'elle se
» fût acquitée de ce qu'elle de-
» voit de ce côté-là : & voilà,
» Messieurs, les raisons de ma con-
» duite, qui peut fort bien vous
» paroître

» paroître finguliere : mais per-
» mettez-moi de vous dire que ce
» n'eſt pas une raiſon pour qu'elle
» ne ſoit pas raiſonnable.

Tel fut à-peu-près le diſcours
du Marquis , & quelques jours
après il alla à la Paroiſſe du même
air qu'Alexandre marchoit à la
Victoire. Ce qu'il y a d'agréable
pour lui , c'eſt qu'il a deviné juſte. Sa femme eſt la plus raiſonnable du monde ; ce n'eſt pas qu'elle
l'adore , mais elle l'aime aſſez pour
faire de très-bonne grace;& même
avec plaiſir , tout ce que la bienſéance & le devoir exigeront
d'elle. Je ſais bien qu'on trouvera peut-être ſon procédé un peu

T 3   ridicule ;

ridicule : car les hommes appellent ridicule tout ce qu'ils ne font pas convenus entr'eux de faire. Ne trouvez-vous pas néantmoins qu'ils ne s'éloignent plus si fort de la conduite du Marquis , & qu'ils commencent à devenir un peu plus raifonnables ? Oui , Madame , un jour viendra,& j'en vois déjà l'Aurore, un jour viendra, qu'ils fe déshabitueront tout-à-fait de confier leur honneur à de jeunes têtes. Dans le train qu'ils font de ne point aimer leurs femmes , trouveriez-vous qu'ils fiffent fi mal ? Et n'eft - il pas fou à eux de mettre encore là leur honneur. A l'égard du refte, dès qu'il ne s'agit

pour

pour eux que d'avoir des enfans,
qu'importe comment ils leurs viennent, & ne voilà-t-il pas une belle
délicatesse ?

T 4　LETTRE

LETTRE XXXVII.

A MONSIEUR De...

ON vous aime , Chevalier :
Vous allez demander à quoi
j'ai vû tout cela ; à une infinité de
chofes ? Comme on fait , par exemple , qu'il y a long-tems que je
vous connois , on prend à tout
moment fon tour pour s'inftruire
de votre caractere ; on m'a de-
mandé comment vous vous étiez
comporté avec Madame de... Que
vous dirai-je, on me fait mille quef-
tions fur votre compte , & vous
favez bien que nous ne faifons pas
des

des queſtions pour rien. Bref ,
Chevalier , l'on vous aime ، & ce
n'eſt pas , en vérité , ma faute ; car
j'ai fait tout ce qui a été en moi
pour qu'on ne vous aimât pas. J'ai
étalé vos caprices , votre légereté;
j'ai appuyé ſur tous vos défauts ,
qu'ai-je gagné à tout cela ? Qu'on
vous en a aimé un peu davantage.
Quoi qu'il en ſoit , je pardonnerai
à Madame de . . . de vous aimer ,
ſi je vous vois avec elle tel que
vous devez l'être ; mais je crains
bien que vous ne le ſoyez pas.
Vous allez la déſeſpérer par vos
négligences : je vois d'ici vos in-
fidélités : car vous êtes d'étranges
gens vous autres hommes , vous
n'avez pas plutôt vû que vous
étiez

étiez aimés, que vous voilà auffi-tôt
las de l'être. Vous étiez autrefois, à
ce qu'on m'a dit, plus raifonnables;
une main baifée étoit pour vous
autres, la récompenfe de dix ans de
fervices. Vous étiez tendres, fidé-
les, refpectueux : vous n'étiez pas
comme aujourd'hui, honteux de
l'être : on ne vous voyoit point
bâiller dans le fein des plaifirs ; on
n'avoit pas l'imprudence de vous
y mettre. Au refte, j'ignore encore comment fe comportera avec
vous, Madame de ... Si elle vouloit me croire, vous l'aimeriez
long-temps, & j'en fais bien les
moyens ; mais je la laifferai faire ;
les femmes de fon efpece, c'eft-
à-dire, les femmes raifonnables
n'aiment

n'aiment pas pour un peu, & quand une fois on les a rendues folles, elles ne le font pas à demi. Quoi qu'il en foit, donnez-moi journellement des nouvelles de votre paffion : car je veux être votre confidente à tous les deux, c'eft mon talent ; je veux que vous, en particulier, m'ayez l'obligation d'être long-tems fidelle : car pour Madame de ... je n'en fuis pas en peine. La pauvre miférable ne vous aimera que trop : & vous Chevalier, je meurs de peur de vous trouver bien-tôt perfide.

LETTRE

LETTRE XXXVIII.

A MADEMOISELLE De...

JAMAIS, Mademoiselle, vous n'avez été fi brillante que vous le fûtes dernierement chez Madame de ... Auffi vis-je fur tous les vifages un étonnement qui alla jufqu'à l'admiration. Un feul homme me parut vous échapper : ce fut Monfieur de ... Curieufe de favoir ce qui l'avoit rendu fi froid à votre égard , je le priai de me donner la main jufqu'à mon caroffe. N'avez-vous pas été charmé, lui dis-je, de Mademoifelle de... On ne peut pas davantage , me répon-

pondit-il, perſonne n'a plus d'eſprit ; elle l'a net, précis , lumi-
neux : ſon imagination eſt brillan-
té, l'expreſſion dont elle a beſoin
avec l'agrément & la facilité du
haſard , a preſque toûjours toute la
juſteſſe qu'elle auroit pû lui donner
ſi elle avoit été long-tems à la chercher. Ce qui m'a le plus étonné en
elle , ajoûta-t-il , c'eſt le talent de
réduire , elle l'a au plus haut degré ; mais je voudrois qu'elle l'eût
moins : ce talent là ne ſied point
aux femmes , je ne l'aime pas même trop marqué dans les hommes ;
ce n'eſt pas que je ne ſache qu'en
rapprochant les idées les unes des
autres , il les rend plus vives ,
plus brillantes , plus lumineuſes :
mais

mais dans les converſations, dans les ouvrages même qu'on veut rendre agréables, il a, ce me ſemble, mauvaiſe grace : il faut là de l'embonpoint, du coloris, de la moëlle, même de la nonchalance, ſi l'on veut être aimable, & c'eſt le métier de Mademoiſelle de... de l'être. Encore une fois, ſi elle veut être ſi merveilleuſe, qu'elle ne ſoit point jolie. Les graces qu'elle a ſur le viſage aſſortiſſent mal à ſon eſprit. La voir & l'écouter font une diſparate à laquelle je ne m'accoûtume point. Voilà exactement, Mademoiſelle, ce que me dit Monſieur de... Comme dans tout ce qu'on vous reproche il n'y a qu'à vous ôter, & qu'il eſt beaucoup plus

plus facile de retrancher que de mettre, j'ai crû que je ne devois pas vous faire myſtere de l'impreſ-ſion que vous avez faite ſur un homme, qui, avec votre permiſ-ſion, vaut bien tous ceux qui vous ont admirée. Vous m'allez dire que c'étoit tous gens d'eſprit, je le crois : mais tous gens d'eſprit qu'ils ſont, ils pourroient bien être ſots à la maniere que je l'entens : car j'appelle être ſot que de ne ſe pas connoître en bienſéance, d'igno-rer ce qui ſied, d'être touché de ce qui ne ſied pas ; & parmi les gens d'eſprit il y a de ces ſots-là qui s'y méprennent tous les jours. Auſſi n'en vois-je point, & vous ne feriez pas mal de m'imiter. Que

ſi

si néantmoins vous aspirez à la réputation de bel esprit, je vous conseille de les voir, ce sont eux qui
la donnent : mais si plus délicate,
vous ne voulez que la mériter, ne
les voyez point, ils ne feront que
vous perfectionner dans vos défauts : car c'en est un pour nous autres d'être si merveilleuses. N'allez pas croire pour cela que je
vous défende ces hautes & magnifiques conceptions qui vous firent
dernierement tant d'honneur chez
Madame de... Dussiez-vous nous
humilier, vous ne sauriez trop
nous en donner : mais assaisonnez-
les de ces graces qui vous font si
naturelles, donnez - les nous en
femme, servez-vous de ces tours
charmans

charmans qui vous viennent quand vous n'y fongez pas. C'eſt avec ces tours-là que vous vous raccommoderez avec Monſieur de... & avec tous les gens raiſonnables : car ſachez que quoiqu'il y en ait diſette, il y en a encore ; & c'eſt à eux, ce me ſemble, que vous feriez bien de ſonger à plaire.

LETTRE XXXIX.

A MONSIEUR De...

VOus demandez ce que c'eſt
que cette petite Dame qui
vient depuis peu chez moi, qu'on
vous a dit ſi jolie, c'eſt une Dame
de Province. Cela ne ſe peut pas,
m'allez-vous dire ? Pourquoi, je
vous prie, cela ne ſe peut-il pas ?
N'y a-t-il de l'eſprit, n'y a-t-il du
bon air qu'à Paris, & cet air de
confiance qu'on y appelle bon air
eſt-il donc à votre avis ſi merveilleux ? Sachez, Chevalier, que ce
n'eſt ſouvent que de l'inſolence
entée ſur de la bêtiſe ; & trouvez-
vous

vous que ce soit un si grand malheur pour les Provinces, que cet
air-là soit réservé pour les Capita-
les ? Quoi qu'il en soit, ma petite
Dame est charmante. Monsieur
de … qui l'a vûe dernierement en
est tombé d'admiration, & je le
conçois bien : vous ne sauriez croire combien ce jour-là elle eut d'esprit, & combien elle l'eut aimable. Après mille questions auxquel-
les elle répondit avec une vivacité
charmante, nous lui demandâmes
ce qu'elle pensoit de nous autres
femmes de Paris. On m'en a montré
plusieurs, nous dit-elle ; mais je ne
sais comment cela s'est fait, je
n'en ai vû qu'une. Ce sont toutes,
ce me semble, des copies d'un por-

V 2   trait

trait qu'il faut qu'on ait trouvé
beau : car je l'ai vû multiplié à l'infini, & j'ai été depuis ce tems-là
à rêver à ce que les Parifiens pouvoient trouver de fi piquant dans
une fi ennuyeufe uniformité. Pour
nous autres, ajoûta-t-elle, nous
avons la fimplicité de n'être que
ce que nous fommes, & il n'y a
pas eu jufqu'ici de conventions
dans nos Provinces, qui nous aient
obligées à nous modéler les unes
fur les autres. Je ne vous dis mot
du refte de la converfation, elle
fut foûtenue avec la même légere-
reté, & je vous aurois voulu là
pour l'entendre. Venez donc,
Chevalier, la voir ; vous avez affez
d'efprit pour elle. Je dis affez ; car
tout

tout bel esprit que vous êtes, vous n'en avez, en vérité, pas trop. Avec une très - grande facilité à voir, avec une délicatesse merveilleuse à rendre, vous ne sauriez imaginer combien elle a l'esprit simple & naturel; & qui n'auroit pas de tout cela seroit mal venu auprès d'elle. Pour vous, Chevalier, je vous vois tout ce qu'il lui faut, & ce sera à vous, à vous défendre l'un de l'autre. Que si vous en venez tous deux à composition, je m'en lave les mains, ce ne sera pas ma faute. J'ai déjà commencé, pour mettre ma conscience en repos, à vous avertir du danger que vous aviez à courir; ainsi il n'y aura rien à

me

me dire. A l'égard de la Dame,
vous favez bien qu'entre nous autres femmes nous ne nous avertif-
fons de rien. Seroit-ce que nous
fuffions bien aifes de voir augmenter le nombre des coupables ?

LETTRE

LETTRE XL.

A MONSIEUR De....

POURQUOI, Monfieur, vous tracaffer toute la journée fur votre ouvrage, favez - vous bien qu'il y a à cela de la folie ? Les chofes vous viennent toûjours tel-les qu'elles doivent être, y tou-cher c'eft les gâter ; & ne devriez-vous pas favoir que les produc-tions de génie font comme ces fruits délicats qui perdent leur du-vet pour peu qu'on y touche ? Pour moi, Monfieur, j'aimerois mieux, à votre place, être accufé

d'un

d'un peu de négligence. Par elle
on tient à la Nature : je ne fais
pas même si ce n'est point à la Belle;
car je vois que la Nature dans ce
qu'elle a fait de plus beau a l'air de
s'être un peu négligée;& ce pourroit bien être par-là que nous l'ai-
mons tant. A cela vous allez répondre qu'il faut du foin dans un
ouvrage. Je le fais comme vous ,
Monfieur : mais la difficulté eft
d'en mettre fans qu'il y paroiffe ;
car pour peu qu'il fe laiffe appercevoir, le froid perce & paroît avec
lui. Combien le foin a-t-il gâté de
belles chofes ! combien a-t-il manqué à nous en faire perdre ! Sans
Defpréaux le Mifantrope alloit
être gâté , & que feroient deve-

nues

nues ces belles Pieces de Corneille, s'il ne s'étoit pas défendu
d'un certain foin, qui auroit mis à
la glace une partie de ce qu'il
avoit de beau à nous donner?
Corrigez-vous donc, Monfieur,
& ne vous tracaffez plus. Les gens
de votre efpece n'ont qu'à fe laiffer
aller ; & prenez garde que je dis
de votre efpece ; car ce foin que je
vous défens, je le confeillerois
volontiers à quantité de nos Auteurs. Je me trompe, je crois que
je leur confeillerois de fe taire,
& ce feroit bien ce qu'ils pourroient faire de mieux ; car fe corriger eft une furieufe affaire. Il y
faut un goût exquis, & c'eft une
denrée dont il me femble que la Nature eft aujourd'hui bien ménagere.

Tome II.   X LETTRE

LETTRE XLI.

A MADAME De...

VOus connoissez le fils de Madame de ... & vous savez combien je l'aime. Premierement, parce que j'aime beaucoup sa mere : en second lieu , parce qu'il est fort aimable. Il faisoit un froid à mourir , & j'étois chez moi à me chauffer , lorsqu'on me l'annonça. Vous voyez , me dit-il, un homme au désespoir. Je sors actuellement de chez Madame de... Venez vous mettre auprès de moi, m'a-t-elle dit ; j'entens dire à tout

le.

le monde que vous avez de l'esprit, & j'en suis bien aise, car vous ne sauriez croire combien j'aime l'esprit. Que dites-vous, je vous prie, de cette femme qui me dit bêtement que j'ai de l'esprit ? Y a-t-il moyen de rien faire d'une Pécore comme celle-là ? Car remarquez qu'elle ne sait de mon esprit que ce qu'elle en a entendu dire : n'y a-t-il pas là de quoi désespérer un honnête homme ? & voilà pourtant comme sont faites, à ce qu'on m'a dit, toutes nos jolies femmes. Aussi suis-je leur très-humble serviteur, & serviteur très-peu curieux de leurs bonnes graces. Oui, Madame, & je vous le promets bien, ou je n'aimerai point ou j'aimerai

X 2   quelqu'un

quelqu'un qui méritera que je l'aime. Que voulez-vous que je faſſe
d'une petite impertinente qui n'eſt
que jolie ? Je ſais bien qu'il y a des
gens qui font abſtraction de l'im-
pertinence & vont leur train. Pour
moi je ne ſaurois faire de ces abſ-
tractions là. Il faut que j'eſtime
un peu ce que j'aime. Mes reſſources de jeuneſſe n'obtiennent rien
de moi là-deſſus, & je m'uſerai
plutôt dans l'indifférence. J'ai pourtant envie, avant de prendre ſérieuſement mon parti, de tâter encore une petite femme qui m'a
paru extrèmement aimable : car
je ſuis raiſonnable, & je ne veux
point qu'on ait rien à me reprocher.
Cela

Cela fait, c'eſt-à-dire, ſi je ne m'en
accommode pas, je romps tout de
bon avec le beau ſexe. Je badinai
beaucoup avec lui ſur cette petite
femme qui lui trouvoit tant d'eſprit, & dont toute jolie qu'elle étoit,
il ne vouloit point. Il me dit ſur cela un million de choſes plus agréables les unes que les autres ; car il
a bien de l'eſprit, & ce feroit une
emplette admirable à faire pour
une femme qui en auroit : l'emplette feroit à mon gré d'autant
meilleure, qu'il n'y en a guere
en ce genre-là de pareilles à faire ; car ce qu'on appelle aujour-
d'hui jolis gens ne me paroiſſent
pas trop jolis ; & pour avoir acquis

X 3   une

une si belle réputation, il faut ou
que nos Dames ne soient pas difficiles, ou que ces Messieurs aient
pour elles un mérite que je n'ai
pas l'honneur de connoître.

LETTRE

LETTRE XLII.

A MADAME De...

NOus fûmes il y a deux jours chez Mademoiselle de L... Madame de... & moi, devinez pourquoi ? Pour la marier. Nous venons, lui dit Madame de... car comme la plus éloquente, ce fut elle qui se chargea de la Harangue, nous venons vous marier, Mademoiselle. N'allez pas nous dire que rien ne presse; vous entrez actuellement dans l'âge des passions; vous n'êtes pas sûre de les avoir toûjours légeres;& la prudence voudroit, ce me semble,

X 4   que

que vous vous miffiez au plus
vîte à l'abri des féductions, que
vous préparent & votre jeuneffe &
votre beauté. Or vous ne vous y
mettrez que par un mariage. Il eft
donc queftion aujourd'hui de vous
chercher un mari tel qu'il vous le
faut. Nous croyons l'avoir trouvé
dans le Comte de... A de grandes
& magnifiques terres, il joint une
naiffance illuftre; il tient à ce qu'il
y a de mieux à la Cour, & le Roi
par le pofte qu'il vient de lui donner, le met en état de faire le chemin le plus brillant que puiffe faire
un homme tel que lui. Nous ne
vous parlons point de fa figure,
elle eft de nature à vous être fu-
rieufement enviée, fi elle vient
jamais

jamais en votre poſſeſſion : mais vous trouverez de reſte dans vos charmes de quoi déſeſpérer celles qui auroient l'audace de ſonger à vous l'enlever. Vous êtes bien bonnes , Meſdames , nous répondit-elle , & je ne ſaurois trop vous remercier de vos attentions : mais tout le bien que vous venez de me dire de Monſieur de... a bien de la peine à me raſſûrer contre les frayeurs que j'ai du mariage. Pourquoi , je vous prie , voulez-vous que je me marie ? N'ai-je pas ſans cela aſſez de devoirs à remplir ? j'en ai envers Dieu , j'en ai envers la Société , j'en ai envers moi-même. Peut-être allez-vous dire que le mariage eſt un devoir de ſociété.

Je

Je le veux, Mesdames, mais si je dois à la société, prenez garde que je me dois encore plus à moi - même. Et puis croyez-vous que la Nature féconde & magnifique comme elle est, s'embarrasse que je travaille ou que je ne travaille pas à son ouvrage ? A l'égard de ce que vous dites que l'amour effréné comme il l'est à mon âge, me jettera, si je ne me mets des chaînes, dans quelque extravagance ; permettez-moi de ne point admettre votre prophétie. En tout cas, si je me vois par quelque fatalité entraînée à quelque chose qui ne soit pas raisonnable ; maîtrisée par l'excès de ma passion, il n'aura pas été en moi de m'en défendre,

défendre , & je ferai juftifiée par la paffion même : mais aujourd'hui que je joüis de toute ma raifon , comment efpérez vous me refoudre à époufer le Comte de... que je ne connois prefque point & que je ne verrois jamais qu'à titre de Maître ? Trouvez bon , je vous prie , que je ne faffe pas fi froidement une fottife , & ne vous appuyez point contre moi de l'autorité de l'ufage. L'ufage que vous faites fonner fi haut n'a point force de loi auprès des gens raifonnables. Il faut, je le fais bien, pour avoir la paix avec les hommes s'affujettir à leurs conventions , s'habiller à-peu-près comme ils le défirent , faire la révérence à la maniere qu'ils ont

établi

établi qu'on la feroit ; il eſt ridicule d'en appeller ſur tout cela à la
raiſon : mais quand la Société n'a
pas prononcé hautement ſes lois,
que ces lois ne ſont qu'un ſimple
uſage, pourquoi voulez-vous que
j'aye la ſottiſe de les tourner contre moi, & la bêtiſe de les faire ſervir au malheur de ma vie ? Avec
la liberté qu'on ne me feroit pas
troquer contre la plus belle Cou-
ronne de l'Univers, ma mere m'a
laiſſé un bien conſidérable. Laiſſez-
moi, je vous prie, Meſdames, joüir
de mon bonheur. Monſieur le
Comte, tout aimable qu'il eſt, ne
ſerviroit peut-être qu'à le gâter,
& ne ſera-t-il pas plus raiſonnable
à nous de reſter tous les deux tels
que nous ſommes ?   Voilà,

Voilà, Madame, à quoi s'est réduite notre Ambassade. Elle n'a pas été heureuse comme vous voyez, & j'en suis fâchée pour le Comte. Tout ce que je puis faire aujourd'hui pour son service, c'est de l'aboucher quelque jour avec Mademoiselle de.... Mais tout ce que vous lui connoissez d'agrément ne réussira pas, ou je suis bien trompée, à la convertir. Ces raisonneuses-là ne se donnent qu'aux gens qui n'ont pas envie de les prendre : il y a chez elles une certaine fierté de raison, qui les révolte contre les sottises ordinaires ; elles en veulent faire de singulieres, & je ne vois pas ce qu'il y a à gagner pour elles. La

faine

faine Philofophie après nous avoir fait voir les abfurdités de l'ufage, nous confeille de nous y livrer : Nous roidir contre fes conventions , c'eft offenfer le Public, c'eft nous mettre en guerre avec la multitude , & il n'y a point ici bas affez de gens raifonnables pour nous défendre.

LETTRE

LETTRE XLIII.

A LA MESME.

VOus dites que Monſieur & Madame de..... s'aiment : vous moquez-vous, eſt-ce qu'on s'aime à Paris ? On eſt aujourd'hui au point de malheur de ſavoir bien diſtinctement que ce n'eſt pas cela qu'on cherche. En vérité, Madame, cela eſt bien malheureux, & je m'en plaignois l'autre jour amerement à Monſieur de.... Auſſi pourquoi, me dit-il, nous avoir ouvert vos maiſons comme vous avez fait, & ne deviez-vous pas

ſavoir

savoir que *trop de familiarité engendre le mépris.* Il avoit raison, Madame, & il falloit que la premiere de nous, qui a introduit la mode de vivre si familierement avec les hommes, fût folle : sa folie nous a perdues & eux aussi ; car, que devenir sans amour ? Vous allez dire que nous avons mis autre chose à sa place. Eh, mon Dieu ! Madame, qu'avons-nous mis ? Un jeu triste, & qui malheureusement ne finit que pour recommencer. De grands & d'ennuyeux soupers, des conversations où l'on ne dit rien, où il n'y a pas même moyen de parler ; car où il n'y a ni amitié, ni confiance, que voulez-vous qu'on se dise ? Je suis désolée,

Madadame, quand je songe à tout cela ; il y a un malheureux vuide dans ma vie que je ne sais comment remplir ; je demande dequoi à tout le monde, on ne me trouve rien. Je n'ai trouvé que ce fou de Détainville, qui, touché de mon ennui me conseilla l'autre jour, par pitié, d'établir chez moi un bureau de bel esprit : mais je m'en garderai bien. Je tombai une fois, pour mon malheur, dans un qui m'a dégoutée des bureaux pour toute ma vie. Jamais cercle de femmes ne me parut si ennuyeux ; c'étoit à qui de ces Messieurs parleroit le moins, à qui seroit le plus poli, le plus prudent, le plus circonspect ; car si nos beaux esprits ne s'aiment pas, vous ne fauriez concevoir à quel point ils fe refpectent, & je vous laiffe à juger de la gaieté, de l'agrément & de la foule de jolies chofes que doit produire ce beau refpect. N'allez pas croire néant-moins que je fois tellement brouil-lée avec les Bureaux qu'il fût im-poffible de me raccommoder avec eux. Qu'on m'en trouve un, tel à peu-près que pouvoit être celui de Madame de la Fayette, vous m'y verrez voler. On ne fongeoit point là à avoir de l'efprit ; on étoit fûr de n'offencer perfonne quand on en avoit, on le laiffoit venir quand il vouloit, & par-là on l'avoit toûjours agréable.

Adieu, Madame : dites bien,

je

je vous prie, à Monsieur & à Madame de . . . que vous m'avez dit qu'ils s'aimoient, & que je leur ai fait l'honneur de n'en rien croire ; ils ont trop les belles manieres pour tomber dans de pareilles enfances, & je vous conseille de leur demander pardon de l'injure que vous leur avez faite.

Y 2   LETTRE

LETTRE XLIV.

A MADAME De...

JE vais vous apprendre une nouvelle ; la petite femme de votre ami vient de lui faire tout fraîchement une infidélité. Je ne vous dirai pas comment la chose a été sue ; mais enfin elle l'a été : au surplus, la petite femme s'en moque. Si c'est un crime, dit-elle, que l'infidélité, où mon mari a-t-il pris qu'elle lui fût permise ? Si ce n'en est pas un, qu'a-t-il à crier ? A l'égard de notre ami, je l'ai trouvé tout-à-fait choqué de

son

ſon accident, il ne ſauroit ſe faire à être cocu. L'être tous les jours, & l'être à ſa barbe, lui paroît cruel. Planter là ſa femme qui eſt fort riche, eſt pour lui un autre embarras. Tout bien conſidéré, les choſes m'ont l'air de reſter comme elles ſont : notre ami continuera, comme à ſon ordinaire, à débaucher autant de jolies femmes qu'il en trouvera ; ſa femme, à ſon imitation, aura autant & plus encore d'Amans qu'il n'aura de Maîtreſſes. Ne voilà-t-il pas, Madame, un joli ménage, & n'êtes-vous pas édifiée de nos mœurs ? Heureuſement comme le mal augmente tous les jours, on ſonge ſérieuſement à y mettre une eſpece d'ordre :

dre. On a déjà imaginé des demi-
divorces qu'on appelle des fépa-
rations ; mais ce n'eſt là qu'un
palliatif. Je vois l'heure qu'on en
viendra tout de bon au divorce ;
& j'en ferois fâchée , quoique je
lui voie une aſſez bonne choſe ;
car, prenez-y garde , le divorce
une fois établi , les maris & les
femmes auroient peur de ſe perdre , deviendroient par - là , pour
ainſi dire Amans , en auroient les
inquiétudes , ſe ménageroient davantage , & ſûrement les ménages
n iroient mieux. Mais il me vient
une autre idée, Madame: pourquoi
n'a-t-on pas donné un Noviciat au
mariage ? Tous les autres engage-
mens de la même eſpece , ceux qui
font

font faits pour toûjours durer en ont un. Pourquoi cette exception-là dans le mariage ? A caufe, direz-vous, des inconvéniens. Mais où n'y en a-t-il point ? Et la raifon ne vouloit-elle pas qu'avant que de fe lier fi étroitement & pour toû-jours les uns avec les autres, on fe donnât le tems de fe connoître ? En vérité, Madame, je ne vois pas grande raifon à tout cela; ce qui m'en déplaît le plus n'eft pas le manque de raifon, c'eft la dépravation qui en eft venue à nos mœurs ; elle eft à un point qui fait frémïr, & Ro-me dans fon plus vilain n'a pas été fi gâtée. Vous me dîtes l'au-tre jour que vous vouliez, que comme raifonneufe je vous trou-
vafle

vaſſe les raiſons de ce qui nous a
perdues. Il y a moyen de vous con-
tenter , Madame , je les vois déjà
d'ici ; mais ſongez que ce ſera un
aſſez vilain ſpectacle à vous donner.

LETTRE

LETTRE XLV.

A MONSIEUR De...

Qu'on veut marier à une jeune Veuve.

VOUS souvenez - vous d'une jeune veuve que vous avez vûe il y a trois jours chez moi ? Eh bien , Monsieur, je me suis mis dans la tête de vous marier avec elle ; plus je la vois, en vérité , plus je la trouve comme il vous la faut. Son humeur est charmante, elle a la voix admirable, sa raison qui n'est raison que ce qu'il faut, est toûjours embellie par les graces ; & pour achever son éloge, je vous dirai qu'elle a trente mille livres de rente du plus beau bien du monde. Une chofe encore qui m'a plû en elle, c'eft qu'elle vous a trouvé de l'efprit ; j'ai vû par-là qu'elle en avoit. N'allez pas croire pour cela qu'elle vous aime. Non, elle ne vous aime point, & j'en fuis bien - aife. Je compte auffi que vous ferez le même à fon égard ; ce qui fera le mieux du monde : car combien de tems vous aimeriez-vous ? Deux mois, trois mois, après quoi vous feriez fi piqués tous deux de ne vous plus aimer, que vous ne pourriez plus vous fouffrir. Pour moi, Monfieur, je ne demande aux maris & aux femmes que les qualités dont ont befoin deux amis qui veulent vivre enfemensemble ; de l'agrément , de la confiance, de l'estime , de l'ami-tié : voilà ce que je vous souhaite à tous les deux. A l'égard de l'a-mour, je n'en veux point , les paf-fions gâtent tout dans un ménage. Les jours pour être beaux y doi-vent être comme ces jours bas , comme ces jours , qui , fans pluie & fans foleil ont de la douceur , & n'en font par-là que plus aimables. Voilà comme je veux que foient faits ceux que vous aurez à paffer avec Madame de... & je l'efpere ; en vérité , fur ce que j'en ai vû. Je ne fais fi en vous parlant de fon efprit je vous ai dit qu'elle l'avoit de la couleur qu'il vous le faut. Cet article là méritoit pourtant

Z 2   bien

bien de n'être point oublié ; car il
en eſt pour nous de l'eſprit comme
de la voix ; c'eſt la qualité qui nous
touche, la quantité n'excite que
notre admiration ; & nous ne fai-
ſons pas, ce me ſemble, grand cas
de ce ſentiment là. Adieu, Monſieur, votre Prétendue ſera demain
chez moi : venez-y, & venez-y, s'il
vous plaît, avec tous vos charmes ;
car ſi je ne veux pas qu'elle ſoit
folle de vous, je veux pourtant que
vous lui plaiſiez : il y va de mon
honneur comme du vôtre, & ſe-
roit-il joli que nous nous fuſſions
mêlés tous deux d'une affaire comme celle-ci, & que nous n'en fuſſions pas venus à notre honneur.

LETTRE

LETTRE XLVI.

A MADAME De...

JE vous écris, Madame, avec la moitié, tout au plus, du fens commun que j'ai apporté au monde. Vous m'allez demander qui m'a rendu fi bête : perfonne, Dieu merci ? Mais le fait eft que je le fuis prodigieufement. La difficulté eft de vous dire bien nettement ce que j'ai ; car ce n'eft pas migraine. Ce que je fens de mal n'eft pas fi douloureux ; mais il eft plus noir, plus fourd, & je ne fais comment vous le nommer, à moins que de l'appeller vapeurs. Mais qu'eft-ce

E

Z 3 que

que des vapeurs, m'allez-vous dire?
Je n'en sais rien, Madame : il faut
avoir· senti ce vilain mal pour le
connoître. Tout ce que je puis
vous en dire encore , c'est qu'avec
plusieurs propriétés qui sont toutes fort désagréables, il en a une
bien singuliere : il amortit les sens,
éteint l'imagination , va même jusqu'à affoiblir la raison ; & ne pen-
sez pas que ce soit à la maniere que
les passions le font. La raison ne se
tait devant les passions que parce
que les passions parlent plus haut
qu'elle ; mais ici les passions ne
disent mot , & la raison n'en est
pas mieux. Voilà en gros mon mal,
il ne m'est pas possible , Madame,
de vous le définir mieux , ce qui
me

me seroit beaucoup plus utile, ce seroit d'en guérir ; mais toute la Médecine n'y peut rien. Un de ces Messieurs les Docteurs que je consultai dernierement me dit : occupez-vous. Mais voilà le conseil d'un benêt ; car qu'est-ce qu'une occupation qu'on se donne ? Il faudroit que Monsieur le Docteur m'en donnât une, encore faudroit-il qu'il me la donnât agréable. Un autre me dit prenez un Amant ; mais ne voilà-t-il pas encore une belle ordonnance, & ne diroit-on pas qu'on trouve un Amant tout fait chez les Apotiquaires. Tout bien examiné, Madame, je crois que je m'en tiendrai à mes vapeurs. Permettez-moi de les porter de-

Z 4   main

main chez vous, je ne connois point de maniere plus douce de me les faire paſſer. Agréez en attendant le billet que je vous envoie : vous le trouverez un peu noir; mais ne m'en grondez pas, c'eſt notre couleur : nous avons rompu nous autres vaporeuſes avec le couleur de roſe & le bleu pâle, auſſi ſommes - nous d'un aſſez mauvais commerce. Heureuſement pour le Public, nous nous en doutons, ce qui nous rend un peu ſauvages ; mais qu'a-t-on à nous dire, & n'eſt-il pas plus honnête à nous de fuir le monde que de l'ennuyer.

LETTRE

LETTRE XLVII.

A MADAME De...

J'ETOIS dernierement chez Madame de... La converfation tomba fur les maris qui étoient déshonorés de l'infidélité de leurs femmes : on fut long-tems à y chercher la fource d'un préjugé, qui paroiffoit ridicule, on ne trouvoit rien. Vous voilà bien embaraffé, nous dit cette petite Dame que vous y avez vûe, il n'y a rien de fi aifé à vous dire. Dans les premiers tems, continua-t-elle, c'eft-à-dire dans l'âge d'or ou aux environs; les maris avoient de très-bonnes

manieres pour leurs femmes , &
les femmes ne demandant pas
mieux que d'y répondre , c'étoit
un plaifir de voir les ménages. Les
maris empreſſés auprès de leurs
femmes, toûjours prêts à les ſervir,
auſſi tendres , auſſi complaiſans
qu'ils le ſont peu aujourd'hui ,
étoient adorés, c'étoit un vrai Pa-
radis ; auſſi en uſions-nous à mer-
veille avec eux; ce n'étoit de notre
part que ſoins , qu'égards , que
complaiſances , & notre tendreſſe
pour eux étoit tellement marquée,
que dès qu'on vit une de nous autres manquer à ſon devoir , on ne
douta pas qu'elle n'y eût été obligée par de grands mécontentemens de la part de ſon mari , ce qui
fut

fut cauſe que pour rendre les maris
à l'avenir plus raiſonnables , il fut
établi qu'ils ſeroient chargés de la
honte attachée à la choſe , comme
cauſe premiere de la mauvaiſe conduite de leurs femmes. De vous
dire maintenant comment la loi a
perdu de ſa force , vous le devinez
bien ; le mal gagna ; les maris ,
quoique punis, allerent leur train ,
ne ſe corrigerent point; les femmes
ripoſterent,& tant fut ripoſté,qu'un
nombre prodigieux de maris ſe trou-
vant léſés , il arriva qu'être cocu
ne fut plus qu'être comme un autre : auſſi voyons-nous aujourd'hui
que la qualification de cocu,qui autrefois étoit injurieuſe , n'eſt plus
qu'une qualification ſimple , une
espece

eſpece de ſynonyme à mari. Nous nous mîmes toutes à rire de la maniere d'expliquer la choſe ; & ce qu'il y a de ſingulier, après l'avoir trouvée plaiſante, nous en vînmes à la trouver vraie. Il eſt certain, & la petite Dame a raiſon, il eſt certain que les maris ſont bien ſouvent les premiers inſtrumens de leur malheur. J'en ai connu cinq ou ſix pour ma part qui ſe ſont ſauvés par avoir ſû bien conduire leurs femmes; & je crois, quoique la choſe fût difficile, qu'on pourroit s'en ſauver encore. Mais en vérité, vû les mauvaiſes manieres qu'ont actuellement pour nous, nos maris, avons-nous tort d'être avec eux telles que nous ſommes, fommes ; & dès que ces Meſſieurs ont tant d'envie d'être cocus, qu'il font exaƈtement tout ce qu'il faut pour l'être, n'y auroit-il pas de la cruauté à leur refufer ce qu'ils démandent ? Adieu, Madame, *portez-vous bien, & aimez moi.* C'eſt ainſi, à ce que j'ai oüi dire, que les Romains finiſſoient leurs Lettres, je leur ai dérobé leur formule, & l'emploie ordinairement avec ce que j'aime ; je hais celle dont nous nous ſervons, elle ſent la cérémonie, put la fauſſeté, me paroît ſotte, & en tout point ridicule.

HISTOIRE

HISTOIRE

DE

*MADEMOISELLE DE***.*

MEs yeux me trahirent ces jours paſſés, Madame, quand le Chevalier de Vambure entra chez moi. Vous leur vîtes quelque choſe que vous ne leur connoiſſiez pas. Hé bien, il faut, vous l'avoüer, c'étoit de l'Amour ; car c'eſt trop vous cacher un ſecret qui me peſe. J'étois, Madame, dans mon premier éclat de jeuneſſe ; c'eſt-à-dire, j'a-vois environ ſeize ans lorſque mon pere mourut. Ma mere qui l'aimoit tendrement, en fut fort touchée, &

ſe

se réduisit à quelques amis qu'elle voyoit régulierement, & dont elle ne vouloit point augmenter le nombre. Ainsi je fus réduite à une petite compagnie : mais je ne me souciois point d'en avoir davantage ; ma mere qui m'aimoit , me laissoit assez de liberté pour que je ne souhaitasse pas d'en joüir.

Mes jours couloient ainsi dans la tranquilité , lorsque ma mere me mena à une fort belle Terre qu'elle avoit en Picardie. Vous savez la coûtume, Madame, à la campagne comme à la Ville , ceux qui sont nouvellement établis vont s'annoncer & rendre des visites aux personnes du voisinage. Quoique ma mere n'aimât pas le monde, il y a

de

de certains ufages, bons ou mauvais, auxquels en dépit de la raifon
on eft obligé de s'affujettir. Ma
mere fut donc quelques jours après
qu'elle fut arrivée, chez Madame
de Vambure, qui a un fort beau
Château de ce côté-là. On nous y
reçut avec toute la politeffe ima-
ginable. Madame de Vambure eft
une femme de qualité, qui a un
efprit naturel, poli par un long
ufage du monde. Elle avoit ce jour-
là groffe compagnie chez elle; &
je me fouviens qu'il y fut fort parlé
de ma beauté. Mes chagrins m'ont
fi fort changée que j'en puis parler
avec modeftie.

Cómme on n'a pas toûjours à la
campagne autant de compagnie
qu'on

qu'on voudroit, vous jugez bien
que Madame de Vambure ne tarda
pas à nous rendre notre vifite. Il
lui étoit arrivé deux jours auparavant un frere qu'elle aimoit fort,
& qu'elle nous préfenta ; c'eft le
perfide que j'ai aimé comme une
folle, & qui a fait tous mes malheurs. Vous l'avez vû, Madame ;
ainfi je puis ofer vous dire qu'il
n'eft rien dans le monde de plus aimable : mais fes yeux qui font encore extremement beaux, ont perdu un peu de leur vivacité. Tout
ce que les paffions ont d'agréable,
alloit, quand je l'ai connu, fe pein-
dre dans fes regards ; ils avoient
de la vivacité, de la langueur, de
la tendreffe, en un mot tout ce

qui touche ; & quand le Chevalier vouloit dire une chose, on la lisoit dans ses yeux. Malgré cela, Madame, la premiere fois que je vis Monsieur de Vambure, il ne me toucha que comme un aimable homme ; je ne fus point frappée d'un coup de foudre comme nos Héroïnes de Roman, & ma liberté fut si foiblement attaquée, que je ne soupçonnai point sa défaite.

J'ai déjà eu l'honneur de vous dire que Madame de Vambure étoit fort aimable. Elle me fit ce jour-là toutes les amitiés du monde, & me dit fort poliment qu'il ne seroit point dit qu'elle auroit une voisine aussi aimable que moi, & qu'il ne lui en reviendroit rien ;

qu'il

qu'il y alloit trop de son plaisir à me voir pour en manquer l'occasion, & que puisque la campagne favorisoit le goût qu'elle avoit pour moi, j'étois menacée de la voir souvent.

Je répondis à toutes ces honnêtetés en fille bien élevée, & je crois que je ne parus point sotte. On prit jour pour se voir, & nous fûmes peu de tems après chez Madame de Vambure. Elle s'étoit entierement défaite de ces airs de contrainte qu'on a en dépit de soi dans les commencemens qu'on se connoît, & nous fûmes reçus chez elle avec une liberté que j'adore. A vous dire vrai, je trouvai le Chevalier de Vambure encore plus ai-

mable

mable que fa fœur. Il eut ce jour-
là de cet efprit que j'aime : il nous
dit les plus jolies chofes du monde, avec un naturel qui me charmoit ; & ce qui faifoit que je lui
tenois compte de fon efprit, c'eft
qu'à peine paroiffoit-il le fentir lui-
même. Comme j'étois jolie, il fut
fort bien me le dire ; je ne fais même s'il ne me dit point qu'il m'aimoit ; mais ce fut en badinant, &
d'une maniere à ne me point ef-
frayer. Enfin, Madame, cette
journée-là fut bien agréable pour
moi : je n'y fentois point encore le
trouble d'une paffion naiffante : je
trouvois Madame de Vambure aimable, le Chevalier qui eft fort
plaifant me divertiffoit, & j'avois
l'ima-

l'imagination pleine d'une certaine joie douce , qui quoique peu vive , plaît infiniment parce que rien ne la trouble.

Nous passâmes ainsi un mois le plus agréablement du monde. Le Chevalier de Vambure me réjoüissoit infiniment par la maniere dont il me disoit qu'il m'aimoit , & je ne laissois pas que de me réjoüir aussi par les réponses que je lui faisois ; & en vérité il y auroit eu de quoi rire pour qui nous auroit entendus. Nous nous disions des choses au fond assez tendres, & nous nous les disions de l'air le plus plaisant du monde. Nous nous sommes donné ainsi la Comédie un mois, après quoi nous changeâmes de ton sans nous

nous en appercevoir, & nous en vînmes à nous aimer. Ce qu'il y a de singulier, c'est que nous n'en avions peur ni l'un ni l'autre, & que l'amour nous surprit tous deux presque en même-tems. Nous ne cessâmes point d'abord de badiner; mais les badineries qui nous échappérent prirent un air plus raisonnable. Je ne devinai point la cause de ce changement : on se lasse de tout, & je pouvois me lasser de badiner; mais ce n'étoit pas là le vrai motif de mon changement, j'aimois déjà, & il sembloit que pour mieux aimer, je ne voulois pas m'en appercevoir. Le Chevalier m'a dit depuis qu'il avoit éprouvé la même chose.

Je

Je me fouviens, Madame, de ce qui nous déclara notre amour. Le Chevalier fe vit obligé de quitter la maifon de Madame de Vambure pour quelques affaires indifpenfables, & ces affaires ne purent finir de huit jours. Pendant ce tems-là je n'avois perfonne avec qui badiner, & c'eft pendant fon abfence que m'a pris le férieux qui ne m'a point quittée depuis. Je fentois qu'il me manquoit quelque chofe ; & après l'avoir fenti quelque-tems, je fus obligée d'en convenir avec moi-même. Alors je devins auffi férieufe que j'avois été gaie, & je me reprochai bien d'avoir tant badiné. Hélas ! Madame, c'eft la coftume, on ne s'apperçoit d'un mal que

que lorfqu'on n'eft plus en état
d'en guérir, & l'on aime déjà quand
l'on veut s'en défendre. Le Chevalier revint, & je le trouvai auffi
trifle que moi; je crus d'abord qu'il
vouloit fe conformer à mon humeur, & pour lui en cacher la caufe, je tirois quelquefois de moi des
plaifanteries forcées qui devoient
me trahir. Il n'y répondoit que par
un profond férieux, & je ne doutai point qu'il n'eût quelque grande affaire, ou ce qui eût été pis
pour moi, quelque violent amour
dans la tête. Ce fut la premiere
fois que je l'accufai d'aimer ; car
jufques-là il m'avoit paru fort in-
différent.

Un jour Madame de Vambure
&

& fa compagnie étoit chez ma mere, tout le monde fe difpofoit à
joüer, & faifoit fa partie ; j'allai
me promener fous une allée d'or-
mes, qui percée par le bout, laiffoit voir le plus beau pays du monde. Vous devinez bien, Madame,
que c'étoit pour rêver au Chevalier ? A peine me fus-je promenée
un quart-d'heure, que je le vis venir. Il m'aborda d'un air trifte, &
fut quelque tems fans me rien dire,
enfuite il foupira. Je venois ici rêver, Mademoifelle, s'écria-t-il, &
je ne fongeois point à me plaindre
à vous des maux que vous m'avez
faits ; mais je vous aime trop pour
pouvoir me taire, & j'aurai du
moins dans mon malheur le plaifir

Tome II.   B b   de

de vous le dire. Je vous avoue ;
Madame , que la déclaration du
Chevalier me fit bien du plaifir :
je cachai ma joie autant qu'il me
fut poffible ; mais mes yeux auroient fans doute trahi mon amour,
fi le Chevalier n'eût été trop occupé du fien. Je fus cependant
affez maîtreffe de moi pour lui dire
qu'il prenoit une nouvelle maniere
de badiner ; mais que cette ma-
niere-là étoit trop férieufe. Enfuite
je retournai fur mes pas toûjours en
badinant pour aller réjoindre la
compagnie qui étoit dans le falon.
Hélas ! reprit le Chevalier , pourquoi me faire l'injuftice de croire
que je badine ? Si je n'ai pas commencé par vous aimer , Mademoifelle ,

moifelle , vous vous en êtes bien
vengée , & ma triftefle ne vous ap-
prend-elle pas affez que je vous aime ? Comme j'approchois du falon ,
je fus difpenfée de répondre , &
nous rejoignîmes la compagnie.

On badina fort fur ce que nous
revenions fi-tôt ; on nous dit qu'il
étoit ridicule que nous euffions fi
peu de chofe à nous dire , & le
Chevalier pour un homme d'efprit,
répondit fort mal à tout cela. La
joie ne m'avoit pas ôté tout-à-fait
l'efprit : je pris la parole pour lui ,
& je répondis que fi nous n'étions
pas contens l'un de l'autre , nous
devions l'être du moins de l'honneur qu'on nous faifoit de fonger à
nous. L'amour du Chevalier, l'em-

barras

barras qu'il avoit eu en me l'expri-
mant, la tristesse de son humeur
qui répondoit à la mienne, tout
cela me fit bien du plaisir, & je
n'eus plus regret de l'aimer quand
je vis qu'il m'aimoit tant. Le Chevalier me donnoit tous les jours
mille marques de tendresse : il n'ou-
blioit pas un de ces petits soins
qu'on prend avec tant de plaisir
quand on aime ; enfin tout m'assû-
roit de sa tendresse, & j'avois le
plaisir d'apprendre de ses yeux
qu'il avoit dans son cœur tout ce
que je sentois dans le mien. J'é-
vitois cependant de me trouver
tête-à-tête avec lui. Je fuyois un
aveu plus détaillé de sa tendresse ;
mais je fuyois mal. Et le moyen de
fuir,

fuir, Madame, ce qui fait tant de plaifir ?

Il faifoit un foir le plus beau clair de Lune du monde, Madame de Vambure & fa compagnie trouva à propos d'en profiter. Je fus mal fuir le Chevalier ce jour-là ; & comme on fe promenoit dans une allée fort étroite, il prit fi bien fes mefures que je lui échus en partage, & qu'il me donna le bras. Vous m'évitez, dit-il, parce que je vous aime : dans le tems que je ne vous craignois pas, vous ne m'évitiez point de même. Hé quoi, Mademoifelle, ne m'avez-vous donné de l'amour que pour me rendre malheureux, & ne fuis-je plus digne de vous depuis que je vous aime ?

Bb 3   Vous

Vous riez, Chevalier, lui dis-je, & vous ne m'aimez point ; vous voulez voir si je serai assez crédule pour vous croire. Non, vous êtes trop sage pour m'aimer, & je ne vous ai jamais crû capable d'une pareille foiblesse. Après tout je n'en serois pas fâchée, vous m'avez dit tant de fois & d'une maniere si folle que vous m'aimiez, que j'aurois une sorte de plaisir à vous voir m'aimer tout de bon. Je suis vindicative, & il me semble que je suis assez bien faite pour qu'on me dise sérieusement qu'on m'aime. Que je suis malheureux ! me dit-il, de vous voir badiner comme vous faites, & que votre cœur est différent du mien ! Je sens pour vous tout

ce

ce que l'amour peut infpirer de plus tendre, je ne fuis occupé que de vous, & quand je viens plein de douleur & de crainte vous expliquer mes maux, vous ne daignez pas les plaindre, & vous ayez la cruauté d'en rire. Allez, Chevalier, lui répondis je, vous êtes plus fage que vous ne penfez; & fi vous étiez auffi malheureux que vous le dites, je ferois affez bonne pour vous plaindre. Je ne pus pas lui refufer, Madame, ce pauvre petit mot, je l'aimois trop pour le voir tant fouffrir. Cependant il n'ofa interpréter ma réponfe auffi favorablement qu'il le devoit, & j'eus le plaifir de le voir

Bb 4   encore

encore trifte malgré tout ce que je
lui avois dit.

Je m'avançai vers la compagnie
qui n'étoit qu'à quatre pas de nous,
& la converfation devint générale.
Il faifoit une nuit délicieufe , &
nous la trouvâmes fi belle que
nous en dérobâmes une partie au
fommeil. Sur les trois heures Madame de Vambure & fa compagnie
monta en caroffe , & chacun fut fe
coucher. Je fis de même ; mais j'a-
vois trop de plaifir pour dormir.
J'eus le Chevalier toute la nuit
dans l'efprit. Je me repréfentois
l'air pénétré avec lequel il m'a-
voit dit qu'il m'aimoit. Je cherchois les propres termes dont il
s'étoit

s'étoit servi pour m'affûrer de fa tendreffe ; quelquefois je me favois mauvais gré de lui avoir caché ce que je fentois pour lui ; quelque-fois auffi je m'applaudiffois d'avoir differé un aveu qu'on m'avoit dit faire notre honte. Enfin, je favois qu'il m'aimoit, & je l'aimois de tout mon cœur.

Il faut l'avoüer, Madame, c'eft une jolie chofe que l'amour ; & quand je fonge à la douceur des plaifirs qu'il nous donne, je lui pardonne quelquefois les peines qu'il nous fait fouffrir.

Je fus trois jours fans voir le Chevalier ; il prit à ma mere une humeur folitaire qui ne quadroit point avec la mienne. Cependant
ces

ces trois jours-là je ne fus point à
plaindre ; j'aimai le Chevalier. Le
quatrieme nous retournâmes chez
Madame de Vambure : nous y
trouvâmes une Dame de ses amies;
c'étoit une fort bonne femme , qui
étoit même affez jolie, mais fort
peu piquante ; fon efprit étoit à-
peu-près comme fon vifage, c'eft-à-
dire , affez bien fait , mais peu
agréable. Enfin , Madame , elle
n'avoit rien d'affez aimable pour
être fouhaitée ; mais à moins que
d'être de mauvaife humeur, on ne
devoit point la trouver de trop.
Elle avoit amené fon frere avec
elle , parce que de chez Madame
de Vambure ils devoient aller enfemble à une Terre qui leur appartenoit

tenoit à tous les deux. Je vous avoüerai, Madame, que quand je le vis, je commençai par souhaiter qu'il s'en allât. Il est pourtant beau & bien fait : il porte les plus beaux cheveux du monde, rit comme s'il avoit de l'esprit, & n'est pas tout-à-fait sot; mais c'est bien le plus insupportable Monsieur que j'aie vû, & j'eus besoin de toute la gaité que j'avois dans le cœur, & de tout le plaisir que j'avois à voir le Chevalier de Vambure, pour n'être pas impatientée de sa présence.

Dès qu'il me vit, il me fit une révérence en avant assez négligée, & me dit en tournant sur moi les yeux tendrement, que la campagne avoit

avoit des Divinités dont s'accom-
moderoient parfaitement les Villes.
Les postures de ce Fat penserent me
faire étouffer de rire , & c'est ainsi
que je pensai répondre à son compliment, auquel je jugeai à propos
de ne rien répliquer.

Pour achever de me désespérer,
le Chevalier de Vambure n'osoit
presque approcher de moi , il étoit
devenu depuis qu'il m'aimoit comme tous les Amans , qui s'imagi-
nent que le moindre geste qui leur
échappe , va découvrir les sentimens qu'ils ont dans le cœur ;
ainsi je fus livrée malheureusement au Marquis de Rinville, c'est
le nom de notre Fat. Il me fit l'honneur de me dire que j'étois bien
aima-

aimable , & il me fit efpérer que
malgré toutes les occupations que
lui donnoient les femmes , il fe
donneroit le tems de m'aimer. Je
lui répondis que je lui étois bien
obligée , & que fon cœur étant
auffi couru qu'il le difoit , je me
donnerois bien de garde de faire
un larcin qui me donneroit tant
d'ennemies.

J'allài auffi- tôt inftruire Madame de Vambure de ma nouvelle
conquête , & de la maniere qu'elle
m'avoit été annoncée. Elle me dit
que le Marquis de Rinville avoit
le droit d'être Fat , & que cinq ou
fix jolies-femmes de la Cour fe le
difputoient. Tout ce que m'apprit
Madame de Vambure , des bonnes
fortunes

fortunes de Monſieur de Rinville
ne me fit point trembler, & j'imaginai plus d'ennui que de danger à
le voir ; je ne craignis que ſes im-
portunités, & j'eus bien raiſon,
Madame : il me dit ce jour-là un
million de ces impertinences que
dit un homme qui eſt content de
lui, & qui ne doute point que les
autres ne le ſoient.

Je vous ai déjà dit que pour
comble de malheur le Chevalier
de Vambure n'approchoit point
de moi : il eſt vrai que je voyois
dans ſes yeux de l'amour & du reſpect qui me conſoloient ; mais j'aurois voulu qu'il m'eût parlé, & je
trouvois mauvais qu'il me livrât au
Marquis de Rinville. Enfin il approcha

procha de moi. Il me vient, Mademoiselle, me dit-il, un rival, & il ne manquoit à mes malheurs que celui d'être jaloux. Je le suis sans en avoir le droit, & quoiqu'en m'ôtant votre cœur, on ne m'ôte rien qui m'appartienne, pourrez-vous empêcher ma tendresse d'en murmurer ? Oui, je ne puis en douter, ce rival que j'abhorre vous aime ; il porte à vos genoux le sacrifice de mille cœurs, & pour prix de ses hommages vous demande le vôtre. Ah ! Mademoiselle, au milieu des sacrifices que vous fait Monsieur de Rinville, vous souviendrez-vous d'un Amant qui ne sauroit offrir à votre vanité qu'un cœur tendre & fidele ? Apprenez,

Che-

Chevalier , lui répondis-je , que ce n'eſt point pour le Marquis de Rinville , ni ſes pareils , que j'ai à me défier de mon cœur : celui qui l'occupe le mérite ; mais il me ſemble qu'il le mérite mal dès qu'il m'accuſe.

Je fus piquée du reproche qu'il me faiſoit : je crus qu'il devoit m'eſtimer aſſez pour ne point craindre le Marquis de Rinville ; je lui fus mauvais gré de n'avoir point encore vû que je l'aimois ; enfin ma colere exprima mon amour , & c'eſt en le grondant que je lui ai dit la premiere fois que je l'aimois. Je crois qu'il me pardonna ma petite colere ; & quoiqu'il n'eût pas le tems de me répondre , parce qu'on

qu'on vint nous troubler, je vis
fur fon vifage une joie délicieufe
que je ne fus point fâchée d'y avoir
mife ; car , Madame, il y avoit
déjà affez longtems que je l'aimois
pour le lui dire , & ce fecret qu'il
avoit tant d'envie d'apprendre,
commençoit à me coûter à garder.

Nous foupâmes le foir fort gaie-
ment ; tout le monde étoit fort
content, j'étois avec le Chevalier,
il venoit d'apprendre que je l'aimois ; Madame de Vambure n'aimoit rien ; mais elle s'amufoit de
tout , le refte de la compagnie
avoit cette joie douce que la table
réveille, & que les paffions ne trou-
blent point. Notre Fat furtout me

Tome II.   C c   donna

donna la Comédie. Madame de Vambure le mit malicieufement fur le chapitre de fes bonnes fortunes qu'il nous conta fort plaifamment, & de maniere à nous donner bien du mépris, & pour lui, & pour les femmes qui l'avoient aimé. Quand nous eûmes foupé, nous montâmes ma mere & moi en caroffe, où l'on nous conduifit, avec promeffe de nous venir voir le lendemain.

Nous nous rendions ainfi depuis deux mois des vifites champêtres qui avoient bien des charmes pour moi, & ce tems a été le plus doux de ma vie. Madame de Vambure nous tint parole. Elle arriva à dix heures du matin : dès qu'elle fut arrivée,

arrivée, nous nous abandonnâmes
tous à cette gaieté qui fait l'agrément de la campagne, & nous fûmes nous promener dans le jardin.
Le Marquis de Rinville avoit ac-
compagné Madame de Vambure,
aussi-bien que le Chevalier. Tous
les deux vinrent ensemble me faire
compliment, & me demandèrent
comment j'avois passé la nuit. Jamais je n'ai si bien senti la différence d'un Fat à un honnête homme. Le Marquis avoit l'air vain,
présomptueux & sot ; son langage
étoit comme son air , & le mé-
lange de tout cela composoit un
personnage bien ennuyeux. Le
Chevalier avoit l'air sage, & disoit
des choses senties & spirituelles,

avec cet air timide qu'on a toûjours avec de l'amour, & que fouvent même on a avec de l'efprit.
Ces deux Cavaliers pour lefquels
j'avois des fentimens fi différens
m'accompagnerent, & notre compagnie s'étant féparée, je me pro-
menai jufqu'au dîné avec ces Meffieurs. Jugez, Madame, fi j'efluyai
bien des impertinences du Marquis ; mais je commençois à m'y
faire, & comme la préfence du
Chevalier me mettoit de belle humeur, elles ne faifoient fur moi
qu'une impreffion réjoüiffante. Je
me fouviens que le Chevalier fe
moqua bien de lui, & je pris quelquefois la même liberté ; mais ce
qui me défefperoit, c'eft qu'il ne
nous

nous entendoit pas , & qu'il nous remercioit quelquefois des sottises que nous lui disions. Je fus charmée de le trouver si sot , & comme il devoit passer quelque tems chez Madame de Vambure , j'esperai que sa vanité ne le laisseroit jamais appercevoir des sentimens que j'avois pour le Chevalier, & je crus pouvoir moins gêner ma tendresse : aussi je n'évitai point le Chevalier de Vambure : je laissai faire mon cœur presque comme il voulut , & j'eus pour le Chevalier ces manieres prévenantes, qui parce qu'elles ne coûtent rien , & qu'elles n'expriment pas la moitié de qu'on sent , ne sont pas crues tirer à conséquence. Le Marquis de son côté

me

me tenoit de ces fades propos qui
font quelquefois tourner la tête
aux femmes, & qui ont le talent
de m'ennuyer mortellement. L'ennui eft un des fentimens qui chez
moi fe déclare le mieux & le plus
vîte. Le Marquis fut bien étonné
quand il vit que je ne l'aimois
point. Il n'avoit point encore trouvé de femme qui eût ofé s'ennuyer
avec lui, & il ne me pardonna
point mon audace. Cependant mon
indifférence le piqua : toutes les
femmes qu'il avoit vûes, étoient
devenues tout d'un coup folles de
lui, & il n'avoit jamais eu le tems
d'aimer ; pour moi je lui laiffai ce
tems-là, & je fus étonnée de voir
changer fes difcours. Il perdit cet
air

air fier & préfomptueux qui ne le quittoit jamais, fon langage devint modefte & fage; enfin l'amour en fit un galant-homme, & il m'a l'obligation de l'avoir rendu raifonnable. Ce changement me furprit & me fâcha, le ridicule de Monfieur le Marquis étoit moins à craindre pour moi que fon amour, & je me fus bien mauvais gré de cette converfion. Je parlai au Chevalier de l'amour du Marquis. Il s'en étoit apperçu auffi-bien que moi, & il en prévit des conféquences fâcheufes. Nous convînmes d'être attentifs à ne nous point déceler; & après nous être promis de nous aimer toûjours, nous nous exhortâmes à ne rien faire paroître.

paroître. Tout se passa assez bien cette journée. Mes Amans s'en retournerent avec Madame de Vambure, & moi je passai la nuit à aimer & à craindre. Nous fûmes le lendemain ma mere & moi chez Madame de Vambure. Dès qu'elle nous vit , elle nous dit que puisque nous nous trouvions bien les uns des autres , il ne falloit point perdre son tems à aller & venir, que puisque sa maison étoit assez grande pour nous loger , il falloit que nous restassions chez elle , & que dès que nous nous ennuyerions, elle nous permettroit de nous en aller. Elle pria ma mere d'une maniere si gracieuse , que ma mere ne put la refuser : ainsi nous établîmes

mes chez Madame de Vambure.

L'aventure, comme vous jugez bien, Madame, n'étoit pas défagréable pour moi, & j'eus bien du plaifir à imaginer que je logerois fous le même toît que mon cher Chevalier, que je le verrois prefque à toutes les heures, que mes yeux lui diroient à tous les inftans que je l'aimois, & que j'apprendrois la même chofe des fiens. Sans doute je ne fus pas la feule à être heureufe, mes deux Amans ne devoient point être fâchés, & le Chevalier fut charmé de voir réuffir fes deffeins; car c'étoit lui qui avoit engagé fa fœur à nous retenir. Je lui fus bon gré de fonger fi bien à fon plaifir & au mien.

Dès que nous nous vîmes, nous nous exhortâmes encore à nous aimer fans éclat, & à cacher des fentimens qu'il n'étoit point à propos de laiffer paroître.

Nous entreprenions une chofe bien difficile ; mais il falloit pourtant nous aimer avec difcrétion : le Chevalier, quoique homme de qualité & riche, ne l'étoit point affez pour moi, & avant que de laiffer appercevoir que nous nous aimions, il falloit prendre des mefures pour faire confentir ma mere à notre mariage. D'un autre côté, le Marquis de Rinville étoit fort riche, & j'avois tout à craindre de fes biens qui auroient mis mes parens dans les intérêts de fon amour. Nous finîmes cette petite converfation sation dérobée avec tout l'amour que nous avions dans le cœur , & nous nous séparâmes avec cette tristesse délicieuse que les indifférens ont le malheur de ne pas connoître.

Nous rejoignîmes la compagnie : j'y vis avec bien du regret le Marquis de Rinville ; je remarquai sur son visage tous les progrès de son amour : d'impudent qu'il étoit , il étoit devenu interdit & embarassé ; & je conclus de là qu'il m'aimoit fort. Je ne me trompai point , il me joignit peu de tems après. J'avois besoin de Vous pour aimer , Mademoiselle , s'écria-t-il. Assez de femmes , malgré mon peu de mérite , m'ont offert des cœurs dont je ne voulois pas , & dont je

D d 2　　n'ai

n'ai jamais reçu l'offre que par complaifance. Toûjours maître du mien j'ai fait des conquêtes que je n'ambitionnois point de faire , & quand je viens à aimer , mon malheur me fait aimer une infenfible.

Je mourois de peur qu'il ne me parlât du Chevalier ; mais je me raffûrai quand je vis qu'il ne faifoit que fe plaindre. Je lui répondis froidement qu'une conquête auffi petite que la mienne ne feroit rien perdre à fa gloire Ah ! Mademoifelle , s'écria-t-il , il eft bien queftion de gloire. La vanité que j'ai feule connue jufqu'ici n'a point de part à mes fentimens. J'ai maintenant de l'amour , & je fens tout ce qu'il a de plus vif. Vous feule

étiez

étiez capable de m'en donner , & je suis bien malheureux d'être venu chez Madame de Vambure pour y prendre de quoi faire le malheur de ma vie.

Voyez , Madame , le pouvoir de l'amour ! d'un fot il fait un homme d'esprit ; après tout le Marquis n'en manquoit pas absolument ; il n'étoit fot que parce qu'il étoit fort vain. Sa déclaration me fit trembler ; elle exprimoit des sentimens bien vifs , & des sentimens vifs de la part du Marquis, étoient ce que je craignois le plus. Je cherchai à rendre compte au Chevalier de la conversation que j'avois eue avec le Marquis de Rinville , & je lui parlai à la fenêtre un petit moment , qui me servit

à lui dire la déclaration qu'il m'a-
voit faite. Il me dit qu'il s'y étoit
bien attendu , & me pria de l'aimer
toûjours. Hélas ! qu'avoit-il besoin
de m'en prier ; Je n'étois occupée
que de lui.

Voilà ma situation , Madame :
Je vivois avec deux Amans ; j'aimois l'un de tout mon cœur , &
je craignois & haïssois infiniment
l'autre : il me falloit être éternelle-
ment en garde contre mon cœur ,
qui étouffoit & qui vouloit éclater
à tous momens. Le Chevalier avoit
la même fatigue , & il étoit comme moi dans l'obligation de se contraindre. Malgré tous nos soins ,
nous fîmes mal les indifférens,& le
Marquis nous découvrit. Un jour
la

la sœur du Marquis avoit dit une jolie chose, le Chevalier la releva; & en faisant sentir ce qu'elle y avoit mis d'esprit, il y joignit un compliment trop gracieux à mon gré. Qu'on est folle quand on aime! quoique je fusse sûre du Chevalier, je ne pus m'empêcher de rougir; ma rougeur n'échappa pas au Marquis, & lui donna les premiers soupçons. Une autrefois,(& c'est ce qui acheva de lui prouver que j'aimois le Chevalier)une autrefois, dis-je, nous jouïons à un petit jeu où l'on donnoit des gages : on nomma un gage qui appartenoit au Chevalier, & il avoit été ordonné que celui à qui feroit le gage, iroit embrasser toutes les Dames de la compagnie: le Che-

D d 4   valier

valier étoit auprès de moi, & pourtant ne commença pas par moi.
Il embraffa Madame de Vambure,
& la fœur du Marquis ; il vint enfuite à moi. Il vint , Madame,
avec embarras , & m'embraffa
avec un trouble dont je ne m'apperçus prefque point ; j'étois auffi
troublée que lui , & nous rougîmes tous deux comme des enfans.
L'affectation de ne point m'embraffer la premiere , la rougeur de
mon vifage , & l'uniformité qui
parut dans nos manieres , en fit
avec juftice foupçonner une femblable dans nos cœurs. Quantité
de petites obfervations que les fots
ont l'efprit de faire quand ils aiment , toutes ces remarques-là ne
laiffe-

laifferent point douter au Marquis
que nous ne nous aimaffions le
Chevalier & moi. Son amour ac-
crut de ce qu'il étoit malheureux,
& je crois qu'il ne m'aima jamais
tant que quand il fut que je ne
pouvois l'aimer. Il ne voulut pas
me laiffer ignorer long-tems qu'il
étoit inftruit des fentimens que j'a-
vois pour le Chevalier : il me dé-
tourna dans une allée de charmilles.
Il vous eft facile d'être cruelle pour
moi, me dit-il, lorfque vous êtes
charmée d'un autre. Ne vous en dé-
fendez point, Mademoifelle, vous
aimez le Chevalier. J'aime trop pour
m'y tromper, & plût à Dieu que
je ne fuffe pas fi fûr de mon malheur. Mais hélas ! tout m'affûre de

ce

ce que je voudrois ignorer. Quand
vos yeux tournent sur lui, j'y vois
quelque chose qu'ils n'ont pour
personne, lui seul a le droit de
vous faire rougir, &, Mademoiselle, avec autant d'esprit que vous
en avez, rougit-on quand on n'aime point? Cependant le Chevalier vous aime-t-il plus que moi?
Qui le rend plus digne de vous à
vos yeux? Ah! Mademoiselle,
plaignez un malheureux qui vous
adore, & songez quelquefois que je
n'ai jamais aimé que vous, & que
je payerois de mon sang le bonheur de vous plaire. Je fus assez
contente de la maniere dont le
Marquis se plaignoit, elle étoit
douce; mais les Amans sont toûjours

jours soûmis devant ce qu'ils aiment, & je me défiai bien de sa douceur. Je mourois d'envie d'instruire le Chevalier de nos malheurs; mais je n'osois lui parler, parce que le Marquis ne nous perdoit pas de vûe un instant. Ne sachant comment faire, je montai dans ma chambre, & j'écrivis un billet qui instruisit le Chevalier de la découverte & de la jalousie du Marquis : ensuite je descendis, & en passant auprès du Chevalier, je lui glissai le billet dans la main. Il sortit pour le lire, & je crois qu'il fut bien fâché quand il vit ce qu'il contenoit. Nous nous gênions déjà, & la jalousie du Marquis nous obligeoit à nous gêner davantage. Nous

fûmes

fûmes deux jours à nous contraindre infiniment le Chevalier & moi
& au chagrin de me contraindre,
le Marquis joignit celui de me faire
entendre bien des reproches. Vous
favez, Madame, ce que c'eſt que
des reproches de la part des gens
qu'on n'aime point, c'eſt la plus
cruelle choſe du monde.

Un ſoir nous étions tous couchés
ſur un boulingrin, lorſque nous
entendîmes du bruit. Pour moi
qui ai l'oreille aſſez fine, je dis que
ce n'étoit autre choſe que deux
chiens qui ſe querelloient. Ma
mere & Madame de Vambure
n'en voulurent rien croire : pour
nous en mieux inſtruire, nous
montâmes ſur une terraſſe qui donnoit

noit sur le côté de la campagne d'où paroissoit venir le bruit. Quand nous quittâmes la conversation, elle rouloit sur le chapitre des femmes. Nos Messieurs la continuerent, & il arriva au Marquis de laisser échapper quelques sottises contre notre sexe. Vous devinez bien, Madame, que le Chevalier prit notre parti; il fit plus, en nous défendant, il railla un peu notre adversaire, & le Marquis qui n'entendoit pas raillerie, ne sut que lui dire quelques injures grossieres. Le Chevalier fit ce qu'il devoit; il eut pour moi le ménagement de remettre sa vengeance, & il pria Monsieur le Marquis de se trouver le lendemain à six heures du

du matin à un bois qui étoit à une
lieue du Château de Madame de
Vambure. Nous vînmes rejoindre
nos Meſſieurs, & nous ne nous ap-
perçûmes de rien. Je ne regardois
que le Chevalier qui eſt fort froid,
& qu'une affaire de main ne fait
point trembler. Le lendemain à ſix
heures du matin le Chevalier ſortit
comme voulant aller à la chaſſe en
attendant que nous fuſſions levées,
& il ſe trouva au rendez-vous à ſix
heures & demie. C'étoit l'heure
donnée. Le Marquis n'arriva qu'à
ſept, & aborda le Chevalier avec
l'air le plus gracieux du monde.
Vous voyez, lui dit-il, que je ſuis
homme de parole ; mais après tout
pourquoi expoſer deux auſſi belles
vies

vies que les nôtres ? Croyez-moi,
Chevalier, restons amis , & en vérité l'amour vaut-il la peine que
deux honnêtes-gens comme nous
se brouillent ? Le Chevalier étoit
trop brave pour profiter de la foiblesse du Marquis ; il remonta à
cheval & vint nous retrouver. Il
n'eut garde de parler à Madame
de Vambure de l'avenure qui lui
venoit d'arriver : mais il me la conta. Elle me surprit , & comme elle
intéressoit ma réputation , elle me
chagrina ; mais le Chevalier m'assûra que je ne devois point crain -
dre qu'elle éclatât jamais : que le
Marquis n'avoit garde de s'en vanter , & que pour lui il croyoit que
je l'estimois assez pour ne rien
craindre

craindre de son indiscrétion.

Je fus un peu moins fâchée, & même je me préparai un secret plaisir à voir la mine du Marquis quand il arriveroit ; mais il n'osa jamais revenir chez Madame de Vambure. Il écrivit à sa sœur qu'on lui avoit mandé que sa présence étoit nécessaire à leur Terre, qu'au reste il ne lui conseilloit point de quitter si-tôt Madame de Vambure, qu'il veilleroit à ses intérêts comme elle - même, & qu'il l'aimoit trop pour la tirer d'une compagnie dont il se privoit lui-même avec tant de peine. Nous reçûmes sa lettre une heure après que le Chevalier fût arrivé , & toute la compagnie crut Monsieur le Marquis

Marquis sur la foi de sa Lettre.

Comme nous étions là toutes femmes d'assez bon sens , nous ne fûmes point fâchées de l'avoir perdu : & moi en mon particulier je fus bien-aise de me voir délivrée d'un pareil importun. Je ne crus pourtant pas en être quitte : je savois qu'il m'aimoit , & les rigueurs sont ce qui détache le moins les hommes. Cependant je me livrai au plaisir d'aimer paisiblement mon cher Chevalier , & nous restâmes encore un mois à la campagne à nous voir tous les jours.

Que ce tems étoit agréable, Madame ! nous n'avions d'obstacles en nous aimant que ce qu'il en falloit à nos cœurs pour les tenir en

Tome II. E e viva-

vivacité : on ne favoit point que
nous nous aimions, & l'on ne le
devinoit point, parce qu'on ne
cherchoit pas à l'apprendre : ainfi
nous nous cachions le Chevalier
& moi fans nous trop gêner. Nous
goûtâmes là tout ce que l'amour a
de plus délicieux. Nous avions
fouvent de ces petites inquiétudes
que caufent trop de délicateffe, &
qu'il femble que l'on fe donne
exprès pour fe mieux aimer. Nous
nous donnions quelquefois le plaifir de nous écrire ce que nous
avions tant de plaifir à nous dire ;
le Chevalier m'écrivoit les plus
jolies chofes du monde, & je lui
faifois de ces réponfes que le cœur
fait fi bien, & qu'il a fi peu de peine

ne à faire. Nous fîmes plus que de nous écrire. Un jour en badinant je lui dis de faire fur moi des Vers, le Chevalier n'en avoit jamais fait, mais que ne fait-on point quand on aime ? Voici, Madame, ceux qu'il mit trois jours après fur ma toilette ; ils m'ont trop fait de plaisir pour les avoir oubliés.

Vous êtes belle, Iris, vous pouvez tout ofer :
Eh quel eft le mortel qui vous put refufer ?
Mais lorfque vous voulez qu'aujourd'hui je vous
       chante,
Que ce n'eft qu'à ce prix que vous ferez contente,
Docile à vos defirs, irai-je dans mes Vers
Déshonorer un nom qu'adore l'Univers ?
Ah ! laissez-moi plutôt vous aimer & me taire :
Votre éloge eft pour moi trop difficile à faire
Qu'il faut loüer en vous de vertus & d'appas ?
Tout ce que vous avez vous ne le favez pas.
                   Talent

Talent d'imaginer, de rendre avec finesse,
Feu qui ne nuit jamais à la délicatesse,
Souris naïfs & fins, air enchanteur & doux,
Air qu'on ne connoissoit qu'à Venus avant vous.
Hélas ! j'en ai trop dit, & j'ai dû vous déplaire :
Mes chants n'ont point ce doux, ce touchant
    caractere,
Ce don d'aller au cœur, ce charme séduisant,
Cet air que je voulois, & que vous aimez tant :
Mais quoi qu'attendiez-vous ? & jugez-en vous-
    même,
Hélas! vous chante-t-on Iris, comme on vous
    aime.

Ces Vers me parurent assez jolis
pour un homme qui n'en savoit
pas faire, & je trouvai l'Amour un
merveilleux Apollon.

Nous passâmes ainsi le reste du
tems à la campagne : mais la saison
s'avançant, ma mere voulut retourner à la Ville. Cette nouvelle
m'affligea. J'allois quitter le Chevalier

valier , & je ne devois pas compter
le voir auſſi ſouvent que je l'a-
vois vu à la campagne. Pour nous
conſoler nous convînmes de nous
écrire ſouvent , & je lui promis de
lui faire ſavoir toutes les fois que
j'irois aux Spectacles : je lui dis
auſſi qu'il pouvoit venir me voir
quelquefois. Ma mere n'étoit point
déraiſonnable : mais des viſites trop
aſſidues l'auroient allarmée. Le
Chevalier n'avoit point paru encore me voir ſur le pié de mariage ;
parce que pour être plus en état
de m'obtenir il attendoit la mort
d'un oncle dont il devoit hériter.

Nous nous ſéparâmes, Madame ;
avec autant de triſteſſe que nous
avions eu de plaiſir à nous voir ,

&

& je vous avoue que ce moment me paru bien rude. Je m'imaginois être faite pour voir toûjours le Chevalier, j'en avois pris l'habitude qui avoit le charme d'un goût naïssant, j'avois appris à ne connoître que lui dans l'Univers ; enfin je perdois tout en le perdant. Je pleurai amerement : le Chevalier laissa aussi couler des larmes, & ces larmes me consolerent un peu ; j'y vis assez d'amour pour justifier & pour soûlager ma tristesse, & je partis avec le regret de quitter ce que j'aimois, & le plaisir de sentir combien j'en étois aimée.

Je ne sais comment ma mere ne s'apperçut point du désordre qui se passoit dans mon cœur ; sans doute

doute elle ne cherchoit point à le connoître, ou peut-être me faifoit-elle l'honneur de ne me point croire capable de foiblesse.

J'arrivai à Paris. Le Chevalier y vint rendre visite à ma mere, & j'eus l'agrément de voir qu'elle le recevoit fort bien. J'avois mis ma mere fur le pié de voir un peu plus de monde qu'elle n'avoit fait, pour autorifer les visites du Chevalier, & pour le confondre avec d'autres hommes; de maniere que je le voyois affez fouvent fans qu'on pût y trouver à redire. Il étoit averti toutes les fois que j'allois aux Spectacles, & il ne manquoit jamais de s'y trouver. Cette année-là fut la premiere que j'entrai

trai dans le monde, & l'on m'y vit
avec plaisir. J'eus l'agrément d'y
faire bien des infideles, & les femmes eurent bien de la peine à me
pardonner mes charmes naissans :
les petits torts que je leur faisois
flatoient un peu ma vanité ; mais
ils servoient mon amour. J'étois
charmée pour l'honneur du Chevalier d'être trouvée aimable, &
l'éclat de mes conquêtes m'étoit
bien cher, quand je songeois qu'elles augmentoient le prix de la sienne. Le Chevalier de son côté dé-
rangea bien des cervelles de femmes, & sa fidélité fut bien attaquée : mais nous fîmes bon tous
les deux, & l'on ne nous trouva
aimables que pour nous faire mieux
aimer.

aimer. Cependant mon peu de beauté me donna du chagrin. Bien des gens qui ne se soucient point de se faire aimer pourvû qu'ils épousent, & qui remettent au mariage le soin de les rendre aimables, bien des gens de cette espece vinrent me demander à ma mere ; & comme il se présenta des partis fort considérables, ma mere me pressa fort, & j'eus bien des assauts à soûtenir.

J'avois recommandé au Chevalier de Vambure d'être sage, & de ne point éventer nos amours : aussi le fut-il, & moyennant une femme de chambre que j'avois mise dans mes intérêts, personne ne nous soupçonna. Il évitoit de me parler dans les affemblées publiques, & ne venoit pas affidument chez ma mere ; ou quand il y étoit, il prenoit cet air enjoüé qui reffemble fi bien à l'indifférence, & que donne quelquefois un amour heureux.

Nous goûtions ainfi les plaifirs les plus doux, lorfque la Ducheffe de.... me donna des allarmes. C'eft une femme des mieux faites de la Cour ; avec de la beauté, elle a dans le vifage ces graces féduifantes qui n'accompagnent pas toûjours les beaux traits : l'enjouement de fon caraftere donne à fon imagination un air brillant, & le goût qu'elle a pour le plaifir, répand fur tout ce qu'elle dit un air de volupté

volupté qui enchante. En voilà, Madame, bien plus qu'il n'en faut pour plaire aux hommes : ainsi je dus être bien allarmée. J'appris dans le monde qu'elle agaçoit le Chevalier, & je la vis un jour à la Comédie dans une loge, qui lui parloit vivement. J'avois éprouvé tous les mouvemens de l'amour, celui de la jalousie étoit le seul qui ne m'étoit pas bien connu. La Duchesse de.... m'apprit à le connoître. Je m'en plaignis au Chevalier. Il m'avoüa que la Duchesse avoit envie de faire quelque chose de lui, il se mit à mes genoux, & me baisant les mains : Non, ma chere Lucilie, me dit-il, rien ne pourra diminuer la passion que j'ai

Ff2　　　pour

pour Vous. Je fuis inceffamment
occupé de Vous ; rien ne me touche que ce qui vous regarde ;
laiffez la Ducheffe de..... étaler
fes charmes & fon amour , que
craignez-vous de fa tendreffe ? Je
n'ai qu'un cœur , & ce cœur eft
tout employé à vous aimer. Je me
raffûrai fans pourtant ceffer de
craindre ; car , Madame , je commençois déjà à connoître les hommes. Je favois que lorfqu'il fe pré-
fente quelque aventure flateufe à
leur vanité , ils ont bien de la peine à la refufer ; & en vérité il leur
convient mal de traiter les femmes
de coquettes, comme s'ils n'étoient
pas auffi coquets que nous. Le
Chevalier , malgré tout ce qu'il
m'avoit

m'avoit dit, continuoit à recevoir les avances de la Duchesse de...; car c'étoit elle qui les faisoit, & il les reçut si bien, qu'il entra en commerce réglé avec elle. Je fus quelque tems sans m'en appercevoir, je ne sus même son commerce qu'après tout le monde. Je lui en parlai, & il convint de tout. Je ne lui vis point pour se justifier cet air d'embarras si ordinaire aux infidéles, il me dit que la Duchesse l'avoit si fort prévenu qu'il s'étoit crû obligé de répondre par honneur aux avances qu'elle lui avoit faites. Le discours du Chevalier avoit un air de sincérité qui me rassûra, & je crus voir qu'il avoit donné à sa vanité une petite

satisfatisfaction à laquelle fon cœur n'avoit point eu de part. Je m'appaifai. Il faut bien , Madame , paffer quelque chofe aux hommes.

Depuis que j'eus parlé au Chevalier , il ne voulut point voir la Ducheffe de.... qui étoit enragée , & bien m'en prit qu'elle ne fût point fur qui exercer fa vengeance : mais nos amours étoient conduits fi fagement , que perfonne n'en étoit inftruit. Ainfi je joüis fans danger de la colere de la Ducheffe , & fa fureur me vengea bien du tour qu'elle m'avoit joüé. Je n'eus que ce petit fujet-là de me plaindre du Chevalier , & je goûtai le plaifir de le voir toûjours digne

digne de l'amour que j'avois pour
lui.

L'Automne approchant, ma
mere songea à retourner à sa terre,
& cette nouvelle donna bien de la
joie à mon cœur. Je songeai à mes
premiers plaisirs, je m'en préparai
encore de plus vifs. J'aimois assez
le Chevalier pour les espérer, &
sa tendresse qui répondoit à la
mienne, me permettoit de me flater. Le Chevalier que j'avertis de
notre départ, engagea sa sœur à
partir en même-tems que nous; &
pour la mieux engager, il lui fit
confidence qu'il m'aimoit. Je n'en
fus point fâchée. Madame de
Vambure étoit femme sûre, &
mon amie. Vous saurez aussi que

Madame de Vambure avoit fait amitié avec une Veuve fort aimable, qu'elle engagea de venir avec elle; & cette amie maîtreffe d'elle, aima autant l'accompagner que de refter à Paris dans un tems où il eft défert. Je fus charmée de ce furcroît de bonne compagnie : La Veuve eft bien une des plus amufantes perfonnes que j'aie vûe : elle a l'efprit vif quoique délicat ; les faillies de fon imagination ont le feu des chofes qui échappent, & la tournure de celles qu'on médite. Elle penfe finement ; mais pour avoir le langage plus naturel, elle craint ordinairement de s'exprimer avec autant de fineffe qu'elle imagine. Elle a auffi le talent

lent de penſer profondément quand
l'on veut : mais comme elle a le
caractere tourné à la gaieté, elle
traite légerement les choſes même
raiſonnées. Je dois dire encore,
qu'avec la facilité qu'elle a dans
l'eſprit, elle a une docilité dans le
caractere, qui lui fait prendre les
manieres qui convienent aux gens
avec leſquels elle vit : enfin ſon eſprit ſe monte naturellement ſur le
ton des gens qu'elle voit, & ſans
le vouloir même elle devient aimable.

J'aimai infiniment Madame
Danzire dès que je la vis, c'eſt le
nom de la Veuve ; & après le Chevalier il n'y eut perſonne avec qui
j'eus tant de plaiſir qu'avec elle.
Elle

Elle me faifoit mille careffes qui m'engageoient davantage; & quand je n'ofois parler au Chevalier, je m'adreffois toûjours à elle. Nous étions la plus jolie compagnie du monde, & j'étois la plus heureufe de toutes les femmes. Point de fâcheux, beaucoup de liberté, la meilleure chere du monde, un Amant dont j'étois contente, & dont mon cœur étoit rempli, pendant que mon imagination étoit égayée par les faillies de Madame Danzire. Le Chevalier m'imitoit, il employoit avec Madame Danzire les momens qu'il ne pouvoit pas me donner. Sa converfation l'amufoit, & je lui pardonnois un plaifir que je goûtois moi-même. Mais fa converfation conversation fit sur lui un effet que j'avois eu l'imprudence de ne pas craindre, il prit du goût pour Madame Danzire.

Voilà, Madame, comme sont faits tous ces hommes ; sont-ils sûrs du cœur d'une femme, c'est une affaire faite, il faut qu'ils songent à un autre. Je fus long-tems à m'appercevoir du goût du Chevalier, & je crois qu'il fut aussi quelque tems à s'en assûrer lui-même. L'intérêt que j'avois à croire le Chevalier fidele, l'amitié que j'avois pour Madame Danzire, tout m'aveugloit, & je contribuois même à tous les instans à mon malheur. Il ne sortoit pas un bon mot de la bouche de Madame Danzire que

que je ne relevaſſe : je la loüois
ſur ſa beäuté ; & j'ai dit trente fois
à mon ingrat , que ſi j'avois été
homme , il n'y'auroit point de
femme pour laquelle j'euſſe eu plus
de goût que pour elle. Hélas ! Madame , il n'a que trop cru le bien
que je lui diſois de Madame Danzire. Après cela je ne connoiſſois
pas aſſez bien les femmes pour me
douter du tour qu'elle me joüa.
Comme elle eſt femme d'eſprit ,
& que nous ne nous gênions point
trop le Chevalier & moi, elle s'é-
toit apperçue du goût que nous
avions l'un pour l'autre ; elle nous
avoit fait appercevoir quelquefois
de ſa pénétration , mais d'une maniere aimable , & propre à nous
faire

faire sentir qu'elle cherchoit à nous
obliger. Nous lui avoüâmes ce que
nous n'avions pu lui cacher, & les
premiers plaisirs que le Chevalier
a goûtés avec elle, il les a eus à lui
parler de moi. Mais il m'arriva un
malheur : La vanité de Madame
Danzire ne s'accommoda point
des plaisirs que le Chevalier goûtoit avec elle. Elle se mit dans la
tête de se faire aimer de lui, & s'y
prit comme une femme, qui n'aimoit point ; c'est-à-dire, le mieux
du monde. Elle loüoit souvent le
Chevalier du choix qu'il avoit
fait ; elle relevoit la tendresse que
j'avois pour lui ; elle l'exhortoit à
en sentir toûjours le prix : La perfide connoissoit bien les hommes.

Enfin

Enfin elle me loüa tant, & me servit si bien, que le Chevalier fut piqué du désintéressement avec lequel elle lui conseilloit de m'aimer. Le cœur du Chevalier auroit bien voulu m'aimer toûjours; mais sa vanité vouloit que Madame Danzire le trouvât mauvais. Madame Danzire de son côté trouvoit fort à redire que le Chevalier eût du goût pour moi, & entreprenoit tout de bon sa conquête. Ce n'est pas qu'elle l'agaçât; elle lui disoit au contraire qu'elle ne se croyoit pas capable de tendresse; qu'amusée de tout comme elle étoit, elle ne se figuroit pas qu'on la pût occuper sérieusement. Tout cela, Madame, n'étoit dit que pour piquer la vanité du Chevalier; &

savez-

favez-vous ce que faifoit encore Madame Danzire ? Dans le tems qu'elle difoit qu'elle n'aimoit rien, elle mettoit dans fes yeux & dans fes manieres, les préfages d'un goût naiffant.

. Vous voyez, Madame, qu'on s'y prenoit bien, & que je ne pouvois guere échapper à la malice de Madame Danzire. J'aimois le Chevalier comme une folle, il étoit fûr de moi, Madame Danzire étoit aimable, & n'avoit pas comme moi, le défaut de trop aimer. Je fus deux mois fans me douter de rien ; & je crois, tant j'étois fotte, que j'aimois Madame Danzire prefque autant que le Chevalier l'aimoit. Je n'étois point inquiete

de

de les voir enfemble, je croyois
que le Chevalier parloit de moi,
comme je parlois de lui quand
j'étois avec elle. Enfin j'apperçus
quelque changement dans les manieres du Chevalier. Il me difoit
qu'il m'aimoit auffi fouvent qu'auparavant ; mais il me le difoit
moins bien. Dans les empreffemens
qu'il avoit pour moi, il fe méloit
quelque chofe de tardif que l'a-
mour ne fouffre point, & que je
n'avois point encore apperçu en
lui. Je fentis tout cela trop bien
pour mon malheur, & je réfolus
de m'en plaindre. Qui vous rend
rêveur, Chevalier, lui dis-je un
jour ? Vous êtes inquiet, & vous
ne m'en dites point le fujet ? Depuis

puis quand croyez-vous que je ne
vous aime pas aſſez pour partager
vos peines ? En même-tems je dé-
tournai le viſage pour cacher des
pleurs qui vouloient m'échapper.
Hé quoi, ma chere Lucilie, reprit-
il, ne ſavez-vous pas que je vous
aime , & que je n'aimerai jamais
que Vous ? Non , lui dis - je , en
verſant des larmes que je ne pus
plus retenir, je ne ſuis point ſûre
que vous m'aimiez , je me vois
forcée à me plaindre de Vous, vous
ne me cherchez plus avec le même
empreſſement , vous n'avez plus
tant de choſes à me dire ; vous dites bien encore quelquefois que
vous m'aimez ; mais c'eſt peut-être
pour me cacher que vous ne m'ai-

Tome II.   G g   mez

mez plus. Je vous aime trop, Chevalier, pour ne m'y pas connoître, & plût à Dieu que je me trompasse. Que vous êtes injuste, ma chere Lucilie, me dit le Chevalier en m'interrompant, pouvez-vous croire que je cesse de vous aimer ? Tout ce que j'ai d'amour dans le cœur, vos charmes qui l'ont fait naître, tout cela ne vous assûre-t il pas de moi ? Et pourquoi donc faire à ma tendresse l'injustice que vous lui faites ? Pourquoi gâter mon bonheur par des soupçons qui m'offensent ? Montrez-moi que vous m'aimez, ma chere Lucilie ; mais que ce ne soit point par des soupçons qui m'outragent & qui vous tourmentent, & retenez des pleurs qui

ne

ne doivent point couler pour un Amant qui a pour Vous la paſſion la plus délicate qu'un cœur puiſſe éprouver. Hé bien, Chevalier, lui dis-je, raſſûrez-moi, c'eſt tout ce que je cherche au monde. Montrez-moi bien que vous m'aimez, & pardonnez - moi des ſoupçons que je n'aurois pas ſi je vous aimois moins. Oui je vous aime trop pour vous aimer ſans inquiétude : Hélas ! mon cher Chevalier, que ne m'aimez-vous de même ?

La converſation du Chevalier me calma un peu : il m'aimoit encore. Les impreſſions que Madame Danzire avoit faites ſur ſon cœur ne s'étoient pas déclarées, & il l'aimoit ſans s'en appercevoir. Je

n'avois

n'avois encore foupçonné de rien
Madame Danzire ; mais quand je
vis que le Chevalier m'aimoit
moins, le plaifir qu'il avoit à lui
parler me donna de la défiance. Je
les examinai attentivement ; je crus
appercevoir bien de l'art de la part
de Madame Danzire , & je vis
avec regret que cet art-là faifoit
fon effet. Vous ne fauriez croire ,
Madame , le changement qu'il fe
fit dans mon cœur ; la jaloufie s'en
empara , & à l'amitié que j'avois
eue pour Madame Danzire, fuccé-
da la haine la plus vive qu'on ait
jamais fentie. Je cachai mes fentimens : ils étoient bien vifs pour
être cachés , & je crois qu'ils parurent malgré moi. Oui , Madame ,

tous

tous les mouvemens dont un cœur est capable se passerent en ce tems-là dans le mien. Je fus jalouse, injuste, bisarre, & dans tous ces momens-là j'aimai à la fureur. Il me fut impossible de tenir ma rage : il fallut absolument que je me plaignisse au Chevalier.

C'en est donc fait, lui dis-je, vous ne m'aimez plus, je perds ce que j'aime le mieux, & c'est ce que j'aimois le plus après Vous qui me l'enleve. Vous me quittez, ingrat, & c'est pour Madame Danzire. Son cœur vous paroît-il d'un si grand prix ? Et parce que le mien ne vous a rien coûté, que je l'ai toûjours cru fait pour Vous, faut-il que vous en sassiez si peu de cas ? Allez, perfide,

perfide, la Coquette que vous aimez me vengera peut-être. Oui,
je fouhaite que vous fentiez pour
elle tout ce que je fens pour Vous ;
que vous l'aimiez autant que je
vous aime, & qu'elle ne vous aime
point. Mais non, Chevalier, lui
dis-je, aimez-moi encore s'il fe
peut, je ne faurois confentir à perdre votre cœur : fongez que Madame Danzire eft une Coquette,
& que quand elle vous aimeroit,
elle ne fauroit vous aimer plus
tendrement que moi. Songez aux
fermens que vous m'avez faits tant
de fois de m'aimer toute votre vie,
& fouvenez vous que fi je ne vous
avois aimé, je n'aurois peut-être
pas aimé un ingrat.

Voilà,

Voilà , Madame , ce que le dé-
fespoir me fit dire , & ce qui eft
bien honteux à notre fexe de pro-
noncer. Le Chevalier n'eut pas la
force de parler : il eft honnête homme , il m'eftimoit , & n'aimoit pas
tant Madame Danzire qu'il ne
m'aimât un peu. Quand il eut la
force de parler , il fe jetta à mes
génoux : Accablez , dit-il , de reproches un malheureux , ma chere
Lucilie ; donnez-moi la haine & le
mépris dont votre cœur eft capable : mais pourtant plaignez-moi.
J'aime , il eft vrai , la perfide Madame Danzire , je vous aime affez ,
& je vous eftime trop pour vous le
cacher ; je vous l'avoue les larmes
aux yeux , jaime une Coquette ,
une

une femme qui ne m'aime point ;
qui ne m'aimera jamais, & qui plus
eſt, que je mépriſe. Je ſuis cou-
pable de tous ces crimes, ma chere
Lucilie, dans le tems que je poſſé-
de un cœur qui devroit faire le
bonheur de ma vie. Je ſuis un traître, un ingrat, je ſuis le plus perfide de tous les hommes ; mais je
ne le ſerois pas ſi je n'étois forcé
de l'être. Ma raiſon s'oppoſe in-
ceſſamment au caprice de mon
cœur ; je me dis ſans ceſſe que
vous méritez tout mon amour, que
Madame Danzire ne mérite que
mon indifférence, qu'elle mérite
ma haine. Je me ſuis dit mille fois
que nous étions deux victimes
qu'elle immoloit à ſa vanité, qu'elle
                                    mettoit

mettoit fa gloire à me détacher de
Vous, & qu'elle la vouloit relever
en m'infpirant une tendreffe qui
me fera fouffrir ; que de raifons
pour la haïr ! & cependant malheureux que je fuis, je l'aime.

Le Chevalier en finiffant ces pa-
roles fe mit à pleurer ; mais, Madame, ce n'étoit point à l'amour
que je devois fes larmes, fes remords me les donnoient.

Nous nous féparâmes ainfi tous
les deux les larmes aux yeux. Je
tombai dans un chagrin qui fit croire à ma mere que j'étois malade ;
je vis en peu de tems évanouir ma
beauté, & je perdois chaque jour
la reffource qui me reftoit pour
faire revenir mon Amant. La per-

fide Madame Danzire joüiſſoit de ma peine dont elle ne faiſoit point ſemblant de connoître la cauſe, & la cruelle m'inſultoit quelquefois en me plaignant. J'eus aſſez de vanité & de force ſur moi-même pour ne lui point reprocher ſa perfidie, & je ne voulus pas lui donner encore ce ſujet de triomphe; elle étoit aſſez fiere du mal qu'elle m'avoit fait, & je liſois quelquefois dans ſon ame qu'elle s'applaudiſſoit de l'amour que j'avois pour le Chevalier, & de celui que le Chevalier avoit pour elle. Cependant au milieu de l'infidélité du Chevalier, je n'avois pas à me plaindre abſolument de lui; il faiſoit pour moi plus que je ne devois attendre

attendre d'un infidéle ; il m'épar-
gnoit la peine que j'aurois eu à lui
voir exprimer fon amour à Madame Danzire ; fon chagrin feul &
fon filence marquoit à la perfide
l'empire qu'elle avoit fur lui. L'eftime qu'il avoit pour moi, le regret
qu'il avoit de ne me plus aimer, le
défefpoir où il étoit d'aimer une
Coquette, tout cela avoit changé
fon vifage prefque autant que le
mien, & dans mon malheur j'avois
le plaifir de le voir fouffrir prefque
autant que moi. Notre fociété qui
avoit été fi gaie devint d'une trifteffe profonde. J'étois fi chagrine,
que je n'avois pas la force de cacher ma trifteffe ; le Chevalier de
fon côté ne pouvoit fe pardonner

Hh 2   l'inl'infidélité qu'il me faifoit, & l'amour qu'il avoit malgré lui pour Madame Danzire, le rendoit à fa façon auffi malheureux que moi. Il n'y avoit que Madame Danzire qui eût fujet d'être contente ; mais les plaifirs qu'elle goûtoit étoient trop barbares pour qu'elle les laifsât éclater, & elle fe conformoit à la trifteffe de notre humeur, ou quand elle fongeoit à nous égayer, c'étoit de la maniere la plus adroite du monde.

Voyez, Madame, combien Madame Danzire étoit méchante ! Quelquefois elle me faifoit des careffes perfides, & fembloit prendre part au chagrin dont elle feignoit d'ignorer la caufe : d'autres fois elle

elle effayoit de mettre le Chevalier en gaieté ; & jettant fur lui
des regards tendres, elle employoit
ces manieres traîtreffes dont fait fi
bien fe fervir une Coquette pour
infpirer un amour qu'elle ne fent
pas.

Quoique j'euffe de la peine à
concevoir qu'on pût fe défendre
d'aimer le Chevalier, je m'apperçus pourtant bien que Madame
Danzire ne l'aimoit point. Cette
idée me confola un peu, & ma rivale qui m'avoit enlevé le cœur
du Chevalier, me vengea bien de
lui par fon indifférence. Je fus
charmée de voir qu'il feroit obligé
de me regretter. En effet, Madame, fes manieres pour moi étoient

les mêmes ; mais Madame Danzire avoit son cœur, & sans son cœur qu'avois-je affaire de ses égards ?

Il y avoit quinze jours que ma fortune étoit changée, & que j'étois devenue la plus malheureuse de toutes les femmes, lorsqu'on annonça chez Madame de Vambure le Marquis de Rinville. Je ne fus jamais si étonnée que quand je le vis : il n'avoit pas osé me parler depuis la vilaine affaire qu'il avoit eu avec le Chevalier : il est bien vrai que je l'avois vu me chercher avec soin aux Spectacles & aux promenades, avoir même envie de m'aborder ; mais il n'en avoit jamais eu la force. Il fit son compliment à Madame de Vambure

bure & à la compagnie , de la meilleure grace du monde, & d'un air qui n'étoit point déconcerté. Il n'y eut qu'à moi qu'il s'adreſſa d'un air plus timide , & de - là je m'aſſûrai qu'il m'aimoit encore. Il faiſoit fort beau ; on ſe promena dans le Parc quand on eut dîné , & Madame Danzire à qui ma triſ-teſſe , & celle du Chevalier , laiſſoit ordinairement l'honneur de la con-verſation , l'égaya un peu ce jour-là. Ce fut ſans doute en faveur du Marquis de Rinville , & je crois qu'elle voulut auſſi me l'enlever ; mais les Amans dont nous ne nous ſoucions pas , ſont toûjours ceux qui nous reſtent.

En me promenant je m'étois ar-
H h 4   rêtée

rêtée fous un berceau de chevre-
feüilles. Le Marquis retourna fur
fes pas, & vint m'y joindre. Je fuis
bien malheureux, me dit-il, Mademoifelle, il y a un an que je fais
de vains efforts pour vous oublier;
vous êtes témoin vous-même de
ce qui m'en a coûté; vous m'avez
vu cent fois vous chercher & vous
fuir. Et combien de fois ai-je couru pour vous parler, fans en avoir
jamais eu l'audace ? Cependant,
infenfé que je fuis, je viens aujour-
d'hui vous demander un cœur qui
n'eft plus à vous; mais, Mademoifelle, ne m'en haïffez pas davantage, & pardonnez-moi le plaifir
que j'ai à vous voir, il me coûte le
bonheur de ma vie, & me fera
tenter

tenter tout ce qui pourra me la faire perdre. Je répondis peu de chose au Marquis. Je me contentai de le plaindre, & je lui dis que puisqu'il savoit que je n'étois plus maîtresse de mon cœur, il devoit se détacher d'un bien dont quantité de femmes qui valoient mieux que moi pouvoient le dédommager. Je rejoignis la compagnie pour faire cesser les plaintes du Marquis. Si j'avois été faite comme les autres femmes, j'aurois amusé le Marquis pour redonner de l'amour au Chevalier, en lui donnant de la jalousie ; mais, Madame, quoique son cœur me fût cher, j'étois trop délicate pour vouloir le regagner par de pareils artifices ; ainsi je traitai

Monsieur

Monfieur le Marquis avec toute l'indifférence que j'avois pour lui ; je ne fai même fi je ne le traitai pas avec impoliteffe ; j'étois doublement fâchée , je voyois ajoûter aux froideurs d'un Amant que j'aimois , les reproches d'un Amant que je n'aimois pas.

Le Soleil fe coucha, & nous rentrâmes dans le falon de Madame de Vambure. Le Chevalier & le Marquis entrerent les derniers , & le Marquis apoftrophant le Chevalier. C'eft pour vous , lui dit-il, que je viens ici, je viens réparer l'affront d'une affaire où vous avez eu à vous plaindre de moi, & où j'ai eu à m'en plaindre auffi. Trouvez-vous demain matin à notre premier rendez-

dez-vous ; vous devez avoir trop
mauvaife opinion de moi pour que
je ne cherche pas à la réparer.
Oui , Chevalier, il faut que vous
me rendiez demain mon honneur
& ma Maîtreffe ; ou que vous m'ô-
tiez la vie. Le Chevalier lui répondit froidement qu'il ne manque-
roit pas de s'y trouver, & qu'il
étoit charmé de lui voir le procédé
d'un homme de condition.

Ces Meffieurs rentrerent, & la
foirée fe paffa à jouer. Le lendemain le Chevalier & le Marquis fe
leverent de bonne heure , & fe ren-
dirent prefqu'en même - tems au
rendez-vous. Le Marquis fe battit
cette fois-là en galant-homme , &
attaqua le Chevalier qu'il bleffa à
la

la poitrine ; mais comme il s'étoit abandonné, le Chevalier dans le même-tems lui porta avec violence un coup d'épée qui le fit tomber mort sur la place.

Nous n'avions eu aucun pressentiment de ce qui étoit arrivé, & nous n'avions garde de prévoir une si tragique avanture. Le Chevalier & le Marquis ne s'étoient point parlez en particulier , & dans les conversations générales ils ne s'étoient pas piqués. Heureusement je m'éveillai de meilleure heure qu'à l'ordinaire. Je sonnai ma femme de chambre. Elle me donna une Lettre que le Chevalier lui avoit donnée avant que de monter à cheval , & qu'il l'avoit prié de me rendre

rendre quand je ferois levée. Je la lus avec précipitation, & je crois, Madame, que je l'ai fur moi ; la voici :

LE Marquis de Rinville, ma chere Lucilie, a acquis du cœur, il m'a donnée hier un cartel de défi pour ce matin, & il veut réparer aujourd'hui son honneur, & se défaire d'un rival qui le gêne. Il ne sauroit me demander rien qui me fasse plus de plaisir, & je serai charmé de voir finir mes jours par la main d'une personne à qui vous êtes chere. N'oubliez pourtant pas tout-à-fait un malheureux qui auroit mieux défendu sa vie, si la fatalité du destin lui avoit permis de la passer avec nous.

Dès

Dès que j'eus lû la Lettre du
Chevalier, je ne perdis point
de tems. Je courus avertir Madame de Vambure de ce qui se passoit. Je me doutai que le combat
devoit s'être livré au même bois où
s'étoit donné le premier, & je fis
au plus vîte seller des chevaux, &
en atteler d'autres au carosse de
Madame de Vambure. Je ne me
trompai point ; quand nous eûmes
avancé environ cent pas dans le
bois, nous trouvâmes le Marquis
de Rinville étendu & sans vie sur
le sable. Le Chevalier de Vambure étoit à quatre pas de lui, noyé
dans son sang. Quelle vuë pour
une Amante ! J'oubliai que le
Chevalier étoit un infidele ; je fré-
mis,

mis , & mon faififfement me fit tomber en foibleffe. Madame de Vambure & Madame Danzire, qui étoient moins faifies que moi ; étancherent autant qu'elles purent le fang du Chevalier qui n'avoit plus de connoiffance ; & quand on eût arrêté fon fang , on l'étendit dans un caroffe à côté du Marquis de Rinville , & on les mena tous deux chez Madame de Vambure. Je ne revins de mon évanoüiffe- ment qu'avec peine , & j'en revins avec regret. Je ne fouhaitois que la mort , n'efpérant plus voir le Chevalier de Vambure ; je l'aimois affez pour regretter jufqu'au plai- fir de le voir infidéle ; enfin , Ma- dame, j'envifageois comme le plus

grand

grand des maux celui de ne le voir plus.

Dès que nous fûmes arrivés, nous commençâmes par répandre que Monsieur de Rinville venoit de tomber en apopléxie, & incontinent après nous publiâmes sa mort, après quoi nous le fîmes enterrer solemnellement. Pendant ce tems-là on avoit été chercher au plus vîte un Chirurgien qui mit le premier appareil à la plaie du Chevalier, & qui nous assûra qu'elle n'étoit point mortelle. Ma douleur se calma ; mais il me survint bien-tôt de nouvelles allarmes : il prit au Chevalier une fiévre continue qui le mit dans un danger évident. Nous ne le quittâmes point Madame

Madame de Vambure & moi ; nous le veillâmes tour - à - tour fix nuits de fuite. Que j'eus de fois le cœur percé, Madame ! Dans l'ardeur de fa fiévre , qui étoit ordinairement accompagnée de tranfports , il pro-nonçoit fouvent mon nom , fouvent auffi il prononçoit celui de Madame Danzire. Cruelle, difoit-il, je vous donne un cœur qu'une autre mérite mille fois mieux que vous ; vous le refufez , ingrate , eft-ce parce que je fuis infidele ? Ah ! je rougis de l'être , & j'en fuis affez puni. Enfin la fiévre du Che-valier diminua , fa playe s'en trou-va mieux , & j'eus la confolation de le voir hors de danger. Quel-que tems après fa fanté fe remit

entierement, & il me remercia des
bontés que j'avois eu pour lui.
Quelle pitié cruelle, me dit-il, ma
chere Lucilie, vous a fait prendre
foin des jours d'un malheureux ?
La mort auroit expié & fini mon
crime, & je n'aurois pas la douleur
de vivre & de m'en sentir indigne.
J'aime encore l'ingrate Madame
Danzire : la vie que mon malheur
m'a laissé, me fait retrouver encore cet amour que je déteste. Ah!
si vous m'aviez aimé, Lucilie,
vous m'auriez laissé mourir. Que
ferez-vous d'un objet qui doit vous
être odieux, d'un ingrat qui ne
peut vous aimer, & qui en aime
une autre à vos yeux ? Ses larmes
l'empêcherent d'en dire davantage :

ge : je me mis à pleurer comme lui;
ses remords, l'estime qu'il me marquoit, leseffors que sa raison faisoit pour moi, tout cela me con-
sola un peu de l'injustice de son
cœur; au milieu de mon désespoir,
j'étois un peu flatée de ses regrets,
il me donnoit tout ce qui dépendoit
de lui, & Madame Danzire n'avoit
que ce qu'arrachoit de lui le caprice de son cœur. Cependant je ne
pouvois m'empêcher d'envier le
partage de Madame Danzire : l'estime du Chevalier ne suffisoit point
à mon cœur, qui sentoit la vivacité & les fureurs de l'amour ; & il
me falloit pour me rendre heureuse, que Madame Danzire me rendit le cœur du Chevalier qu'elle
I i 2   m'avoit

m'avoit pris. Elle en étoit bien
éloignée ; elle continuoit , pour
conferver fa conquête, le manége
dont elle avoit ufé pour la faire ;
elle donnoit au Chevalier des efpé-
rances qu'elle détruifoit l'inftant
d'après ; & ce mouvement conti-
tinuel qu'elle donnoit à fon cœur,
le tenoit toûjours dans cet état de
vivacité qui charmoit fi fort l'orgueil de Madame Danzire.

J'ai l'obligation à la Coquette
de m'avoir appris le fin de fon art ;
& je ne me fuis point étonnée depuis que les femmes menaffent fi
bien les hommes. Il eft fi facile ,
Madame , de les mener quand on
ne les aime point ! Au refte , ces
connoiffances que j'acquérois ne
me

me fervoient de rien ; j'aimois trop pour me les rendre utiles, je n'avois pour rappeller mon Amant que mon amour & mes larmes, & c'étoit juftement ce qu'il falloit pour le conferver à Madame Danzire. Je paffai quinze jours à voir faire le manége à ma perfide, & j'avois le déplaifir de voir le Chevalier l'aimer à chaque inftant davantage.

L'hyver approcha, & ma mere voulut s'en retourner à Paris. Madame de Vambure fongea à s'en aller avec elle. Je devois être charmée d'une conjonéture qui ôtoit à mon ingrat le plaifir de voir continuellement Madame Danzire. Le croiriez-vous ? Je fus affez folle pour

pour regretter la maison de Madame de Vambure : tout ingrat qu'é-
toit le Chevalier, je ne pouvois
me passer de le voir. Ils se verront,
disois-je, ma rivale & lui encore
plus commodément ; je ne ferai
pas toûjours avec lui, pour diminuer les impressions de Madame
Danzire. La cruelle pour achever
son triomphe, exigera du Chevalier qu'il ne me voie plus : il re-
cevra l'ordre le désespoir dans le
cœur ; mais il l'aime trop, la perfide, pour ne pas obéïr.

Le Chevalier avant mon départ
vint prendre congé de moi. Dès
que je le vis, les larmes me vinrent
aux yeux. Je vais vous quitter,
me dit-il, je vous aime encore assez
pour

pour en avoir le regret que je dois
avoir. La cruelle Madame Danzire
ne triomphera pas entierement de
moi : je vous trouve encore au fond
de mon cœur , & jamais la perfide
ne vous en effacera. Laiſſez-moi
aller chez vous , ma chere Lucilie,
laiſſez-moi aller rougir à vos genoux , de mon injuſtice , & qui ſait
ſi en voyant tant de vertu & tant
de charmes , je ne viendrai pas à
éteindre un amour qui ſait mon
crime & mes malheurs. Hélas !
Chevalier , lui répondis - je , que
dois-je attendre de Vous ? Je n'ai
pour moi que votre raiſon, que
peut-elle contre la biſarrerie de votre cœur ? Vous aimerez toûjours
Madame Danzire , vous me re-
grette-

gretterez peut-être quelquefois ;
mais en ferai-je moins malheureufe, & vous, Chevalier, en ferez-
vous moins ingrat ? Nous nous
quittâmes, & je partis avec ma
mere.

Dès que je fus arrivée, le Chevalier me vint voir. Il me pria de
l'aimer encore. Le cruel avoit bonne grace : je l'aimois trop pour
mon malheur, & perfide comme il
étoit, il lui feyoit bien de vouloir
être aimé. Il vint me voir affez fouvent ; mais je fus qu'il alloit auffi
chez Madame Danzire. Ce qui me
confoloit, c'eft qu'il payoit bien
les vifites qu'il lui rendoit. Il trouvoit toûjours quelqu'homme chez
elle, pour qui l'on avoit ces manieres

nieres féduifantes qu'on avoit eues
pour lui. Le cœur de Madame
Danzire n'appartenoit à perfonne ;
mais fes manieres étoient pour tout
le monde. Le Chevalier devint furieux : fa jaloufie qui n'avoit pourtant point d'objet fixe, rendit fon
amour mille fois plus violent, & je
me vis bien plus éloignée que je
n'étois de regagner fon cœur. Il
commença à me venir voir plus
rarement, fon air devint encore
plus inquiet qu'auparavant, & le
regret qu'il eut de m'aimer moins,
le rendit embarraffé prefque au
point d'en paroître ftupide.

Je ne devinai que trop ce qui
fe paffoit dans fon cœur. Qu'avez-
vous, Chevalier, lui dis-je un jour?

Tome II.   K k   D'où

D'où vient que vous êtes si som=
bre ? Il faut que vous ayez bien
de la tristesse , ou que j'aie le malheur de vous en bien inspirer. Non,
Lucilie, reprit-il, vous ne me rendez
point triste ; mais vous ne sauriez
m'empêcher d'être au désespoir.
Je me reproche à tous les instans
l'amour que vous avez pour moi ,
je me reproche celui que j'ai pour
Madame Danzire , je ne me pardonne point les sentimens que j'ai
pour elle ; cependant voyez quelle
est mon injustice ! Je voudrois
qu'elle m'aimât , & je suis assez
injuste pour vouloir que vous m'aimiez toûjours. Hélas ! Chevalier ,
lui répondis - je , je vous servirai
peut-être mieux que vous ne voulez ;

lez ; & je crains bien pour mon malheur de vous aimer toûjours. Madame Danzire a beau m'ôter votre cœur, je vous aimerai toûjours auſſi tendrement que je vous ai aimé. J'ai beau me dire que vous êtes un ingrat, vous m'êtes cher comme quand vous m'êtiez fidele. On vint nous interrompre, & je n'en dis pas davantage à mon infidele.

Que nous étions malheureux, Madame ! Nous aimions qui ne nous pouvoit aimer. J'avois la paſſion la plus vive & la plus délicate du monde pour un ingrat ; lui de ſon côté m'eſtimoit aſſez pour rougir d'être infidele, & avec le regret de ne me plus aimer, il avoit le déſeſpoir d'adorer la plus co-

quette

quette de toutes les femmes. Il
l'aimoit, Madame, plus qu'on n'a
jamais aimé.

Lorsque le Prince de..... que
vous connoissez, me vit à une pro-
menade avec ma mere, il ne m'a-
voit jamais vûe : mais il connoissoit
ma mere, & vint nous aborder.
Malgré la mauvaise humeur qui ne
me quittoit point, j'eus ce jour-là
assez d'esprit ; du moins je remarquai que le Prince m'en trouvoit.
Ma beauté, quoique diminuée depuis mon amour, soûtenue de la
jeunesse & du caprice, me mettoit
encore en état de plaire, & je crois
que je plus au Prince de.... Il vint
rendre visite peu de jours après à
ma mere, & il me dit dans la con-
versa-

verſation mille choſes obligeantes, qui dites d'un certain ton, vouloient dire qu'il m'aimoit. Je l'entendis ; mais je n'avois pas le tems d'être ſenſible à ſes complimens, & je ne fus point frappée de l'éclat de ma conquête. Il revint encore pluſieurs fois chez moi ; & après m'avoir fait entendre en pluſieurs façons qu'il m'aimoit, il en fit confidence à ma mere qui m'en parla. L'amour du Prince, qui avoit des idées ſérieuſes, m'alarma : je ne fus point ſenſible à la vanité d'être aimée, & je n'imaginai que de l'embarras pour moi dans la paſſion du Prince. Ce n'eſt pas qu'il ne fût beau, bienfait, riche, & que ce ne fût pour moi le parti le plus

K k 3   avan-

avantageux que je puffe préten-
dre : mais mon Chevalier tout ingrat qu'il étoit, ne me laiffoit fonger à perfonne, & je voulois vivre
& mourir en l'aimant. Il ne fut pas
long-tems à favoir les deffeins que
le Prince de.... avoit fur moi. Il
vint me voir pour s'en mieux inftruire. Admirez, Madame, comme les hommes font faits ! L'a-
mour du Prince rendit au Chevalier tout celui qu'il avoit eu pour
moi, & je le vis arriver chez moi
plein d'amour & de tendreffe.

Vous m'allez donc oublier, me
dit-il en fondant en larmes, & je
vais vous voir tomber dans les bras
d'un autre. Ah, Lucilie, faites grace à un malheureux qui vient vous
de-

demander pardon de tous fes crimes : J'ai rompu les chaînes cruel-
les qui m'attachoient à Madame
Danzire , & je vous rapporte un
cœur qui n'aimera jamais que vous.
Non , Chevalier, lui dis-je , vous
n'êtes pas bien guéri , & je voudrois vous croire ; mais qui m'aſſû-
rera que vous ne l'aimez plus ?
Peut-être les coquetteries de Madame Danzire vous font voir combien peu elle mérite votre tendreſſe , peut-être même vous voulez la haïr ; mais eſt-ce ne là plus
aimer ? Au reſte , que la tendreſſe
du Prince ne vous allarme point ;
quoique beaucoup plus digne de
mon cœur que Vous, il ne l'aura jamais. Je vous aime, Chevalier, tout

K k 4   ingrat

ingrat que vous êtes. Que feroit-
ce hélas ! fi je vous voyois tendre ?
Le Chevalier fe jetta à mes genoux , je lui vis avec bien du plaifir un amour vif que je ne lui avois
pas vu depuis long-tems. Il m'affûra
qu'il n'aimoit plus Madame Danzire, & il me l'affûra de maniere
à me le perfuader.

Le Prince continua toûjours à
me rendre des vifites : il fe flatoit
fans doute que je me laifferois furprendre à l'éclat de fon rang , &
qu'enfin la vanité feroit fur moi,
comme elle fait fur la plûpart des
femmes, l'effet de la tendreffe. Il
fe trompa : je lui déclarai fincere-
ment que je ne pouvois répondre
à l'honneur qu'il me faifoit , &
deux

deux jours après il se maria de dépit à Mademoiselle du C.... Le
Chevalier qui fut des premiers le
sacrifice que je lui venois de faire,
vint aussi-tôt me remercier, & il
le fit, Madame, avec une tendresse
qui me charma.

Que je le trouvai ce jour-là aimable, & que j'eus de plaisir ! Je
ne me souvins plus de tous les maux
qu'il m'avoit faits, je pardonnai à
l'amour tous les malheurs qu'il
m'avoit causés, & jamais bonheur
n'a été comparable au mien. Le
Chevalier n'aimoit plus Madame
Danzire, il n'alloit plus chez elle,
il m'en parloit sans être piqué, les
rigueurs même qu'elle avoit eues
pour lui étoient oubliées de sa vanité ;

nité ; & il me difoit froidement
qu'elle étoit une coquette. Enfin
j'étois la plus heureufe de toutes
les femmes , & l'amour épuifoit
fur mon cœur tout ce qu'il avoit
de délicieux. Le Chevalier venoit
me voir affiduement , il avoit avec
moi cette vivacité que l'amour lui
avoit rendue , & je lui re trouvois
ces tranfports qui m'avoient tant
charmée : mais , Madame , je n'é-
tois pas née pour être heureufe ,
& voici la Lettre qu'il m'écrivit ,
après avoir été deux jours fans me
voir.

JE pars , ma chere Lucilie , pour
aller finir loin de Vous une vie
que je détefle ; je pars le crime dans
le cœur , & plein encore de la per-
fide

fide Madame Danzire. Je vous trom-
pois, & je me trompois moi-même,
quand je vous difois que je ne l'aimois
plus. Cependant plaignez - moi quel-
quefois. Je le mérite un peu, tout
ingrat que je fuis. Adieu, ma chere
Lucilie, ne me haïffez pas.

Quand j'appris, Madame, que
je ne verrois plus mon cher Chevalier, je penfai mourir de douleur. Je le regrettai comme s'il
m'eût été fidele, & je lui pardonnai tout, excepté fon abfence. Je l'aimois affez pour me paffer
de fon amour: ma paffion, quoique malheureufe, m'étoit chere;
je le voyois ingrat, mais enfin je
le voyois.

II

Il m'arriva dans ce tems-là un
furcroît de douleur. Ma mere mourut. Mes larmes redoublerent. J'en
eus à verſer pour les deux perſon-
nes qui m'étoient les plus cheres.
Encore ſi j'avois eu mon Amant
pour me conſoler de la perte de
ma mere ; mais je ne ſavois où il
étoit allé , & cette idée-là me dé-
ſeſpéroit. Il me ſembloit qu'il eût
été doux pour moi de ſavoir ce
qu'il étoit devenu : j'aurois , di-
ſois-je alors , la conſolation de lui
écrire : peut-être apprendrois-je de
lui qu'il ſonge encore à moi. Enfin il y avoit trois ans que l'ingrat
ne m'avoit donné de ſes nouvelles lorſque vous le vîtes ces jours
paſſés

paſſés entrer tout-à-coup dans mon cabinet.

Quel trouble ne parut point dans mes yeux ! Et comment aurois-je pu vous le cacher ? Je vous l'avouerai, Madame, de tous les mouvemens qui m'avoient saiſie à l'arrivée du Chevalier, il ne me reſta, quand vous fûtes partie, que la joie de le revoir. Et de combien cette joie ne fut-elle point augmentée, quand il m'apprit qu'il m'étoit fidele : Il l'eſt Madame, je ne puis en douter. Oui, mon cher Chevalier m'aime, je n'ai plus de Madame Danzire à craindre, la perfide eſt oubliée; il m'offre, pour m'en aſſûrer,

fûrer, fa main & fa fortune ; & il
eft bon que je vous dife qu'elle
eft devenue par la mort de fon
oncle une des plus brillantes du
Royaume. Mais de tous ces biens-
là , Madame, je n'en veux qu'à
fon cœur. Qu'il ne me parle plus
de fa main , elle eft faite pour
m'ôter fa tendreffe , & je hais
tout ce qui peut me la faire perdre. Il eft vrai que je mourrois fi
je le voyois paffer entre les bras
d'une autre , mais quoi ne fauroit-
on s'aimer toûjours, & ne s'époufer jamais ?

Adieu , Madame, ne vous li-
guez point, s'il vous plaît , avec
lui pour me corrompre , je ne vous
le

le pardonnerois jamais : Et n'aurai-je pas affez de peine à me défendre de moi, fans être attaquée
par les deux perfonnes que j'aime
le mieux au monde ?

Fin du Tome Second.